유령의 마음으로

光っていません

임선우
イム・ソヌ
小山内園子 訳

東京創元社

目次

光っていません

幽霊の心で

유령의 마음으로

手持無沙汰な午後、私はパン屋のレジカウンターにつっぷしていた。真昼なのにこんなに空が暗いところを見ると、もうすぐ一雨来るのかなと思いながら窓の外を眺めている途中で、短く息をのんだ。何かが、体の外へスーッと抜け出るような、異様な感じがしたからだった。同時に、私の体は大きな氷の塊《かたまり》みたいに冷たくなった。

レジから立ち上がって倉庫に向かった。倉庫の隅《すみ》には、去年の冬に使った毛布が畳んであったのだが、私は埃《ほこり》を払いもせずにそれを体に巻きつけた。まだ木の葉も青々とした九月だったけれど、骨の髄《ずい》までしみこむような寒さに、正気ではいられなかった。すっかり体をちぢこませて倉庫から戻ったところで、驚きのあまり気絶しそうになった。レジカウンターで、私が、目をつむったままつっぷしていたのだ。私は、ぼんやり立ち尽くして自分の姿を眺めた。背中を丸めて口を開けてるのって、他人から見るとこんなにみっともないんだ、と思いながら。死んでも別に惜《お》しくはなかった。ただ、これほど急に死を迎えるとは、想像もしていなかった。普段から持病があったわけでもなければ前兆っぽい症状もなかったのに、こんなに突然、死ぬものなのか？

私がジョンスより先に死ぬとは、誰も思っていなかっただろう。ジョンスは、植物状態で二年間病院で寝たきりになっている、私の彼氏だ。私が死んだってことがジョンスにもわかるだろうか？　そんなことを思っているうちに巻きつけていた毛布が床に落ちて、そのタイミングで、カウンターにつっぷしていた私が目を開けた。思わず、なんだよー、と叫んでいた。死んだのに、どうして目が開くの？　死んでないから。そいつが答えた。見た目のみならず声までもが、鳥肌が立つくらい私にそっくりだった。じゃあ、あんたは誰なわけ？　尋ねると何食わぬ顔で言った。私は、あんた。それからそいつはゆっくりとそばに近づいてきたが、お互いが近づくほど、私の寒気はだんだんに薄れていった。

まるで理解できなかった。私とそっくりの幽霊は、私は死んでいないと言った。私の体を奪いに来たのでもないし、何かを望んでいるのでもないと。自分がどうして生じたか自分でもわからないが、はっきりしているのは、自分もまたもう一人のあんただってこと。そう言った。じゃあ、私について何を知ってるか言ってみなさいよ。私は切り返した。過去のことなら何も知らない。たった今、生じたばかりだから。そいつが言った。私はただ、あんたの感情を、あんたと同じように感じてる。喜びとか、悲しみとか、そういうのを。

だから私は、そいつを消すために、さまざまな試みに着手した。スマホで主《しゅ》の祈りを検索して唱えたし、お札《ふだ》の画像もかざしたし、お化けを追い払うには小豆《あずき》がいいというから、あんぱんも一つ出してきて食べた。それなのに、そいつはびくともしなかった。私が何か一つ試すたびにつまらなそうな表情をするのを見て、自分の顔ながら見苦しいと思った。気が抜けて、私はまたカウンターに戻ってつっぷした。悪魔でもないし幽霊でもない。私はただの、あんただよ。そいつがもう一度言った。そっちのほうがもっと嫌。私が答えた。するとそいつは、ゆっくり肯《うなず》いてから言った。私もあんたとおんなじ、嫌な感情を感じてる。

その時、店の出入り口に下がっているベルが鳴った。週に一、二度やって来て、米粉食パンを買っていくおじいさんだった。おじいさんにそいつのことをどうごまかそうかと心配になった。しかしおじいさんは、曇り空について話をして、米粉食パンの会計をして、挨拶をして出て行くその瞬間まで、そいつには目もくれなかった。他の人の目には、あんたが見えないみたいだね。私は言った。そうみたいだね。そいつが返した。

だったらよかった。勢いづいて私は言った。あんたはあんたにお似合いの、幽霊としての暮らしがあると思うんだけど。それを探してよ。私は幽霊じゃないんだって。だとしても、私と離れてはいられるわけでしょ。幽霊は私の言葉に少し考えこんだかと思うと、わかった、と言ってパン屋の出入り口をすり抜け、外へ出て行った。問題は、幽霊が店から遠ざかるのと一緒に、さっきまでの寒さがまたぶり返したことだ。それは二度とあじわいたくないくらい、つらい寒さだった。

私は出入り口を飛び出すと道端で幽霊を捕まえた。手は幽霊の体をそのまま通り抜けたが、幽霊は振り返った。向かい合って立つと同時に、ひどい寒さがきれいさっぱり消えた。信じられない。私が洩《も》らした。あんたがそう感じてるから、私も戸惑ってるよ。幽霊が言った。私の感情を同じように感じるって話は、本当なの？　単に、見たまんまを言ってるんじゃなくて？　今の私って、誰が見たって途方に暮れてる人だと思うし。興奮した私はしゃべりまくった。あんたは、途方に暮れてるっていうよりは、と、じっと私の話に耳を傾けたあとで幽霊が口を開いた。がっかりしてるっぽいけどね。それを聞いて私は押し黙った。幽霊がレジで目を開けた瞬間から、私は、自分が死んでいなかったことに激しくがっかりしていた。結局、幽霊と一緒にパン屋へ戻った。私がレジの椅子、幽霊がカウンターの上に腰かけていた午後、相変わらず空は雨が降り出しそうなくらい曇っていたが、本当に雨は降らなかった。

＊

キム・ジウォンはこの一年半、下校するとパン屋に立ち寄る常連客だった。歳は十七で私とは八歳違いだったが、私たちは友達になった。キム・ジウォンは、毎日のようにパン屋に寄って、飽きもせずにパンを買い食いしていて、それは考えようによってはかなりの根性だった。キム・ジウォンがもう一つコツコツ続けていたのは、いつも一人で来ることだった。誰かと連れ立って来たことは一度もなかったし、他の人の話をしたこともなかった。

町の小さなパン屋だから、テーブル席のような落ち着ける場所は別に用意がなかったが、アイスクリームを入れてある冷凍庫の脇に椅子が一脚あった。その椅子が、キム・ジウォンの指定席だった。私が一日で一番好きな時間は、椅子に座ってパンを食べるキム・ジウォンとおしゃべりをするときだった。

身体から幽霊が飛び出した日の夕方も、キム・ジウォンはパン屋にやって来た。カウンターに腰かけていた幽霊は、キム・ジウォンを見てゆっくりと立ち上がったが、腰を上げるその恰好まで、私そっくりだった。キム・ジウォンはクルミパンを一つ取ってくると、椅子に座って私のほうを見た。

オンニ（女性が年上の親しい女性を呼ぶ言葉。血縁の有無は関係ない）、今日変だね。キム・ジウォンが言った。何が？　私は平然を装った。幽霊はいつのまにか、キム・ジウォンの隣に行っていた。たかだかその程度離れただけでも寒さを感じて、私は隅に丸めてあった毛布をもう一度広げ、膝《ひざ》にかけた。顔つきがおかしいけど、何かあった？　キム・ジウォンが訊いて来た。何もないよ。私は返事を返した。

あんた、この子のことをすごく大切に思ってるんだね。この子が入って来たときから、気分がよくなってリラックスしてる。幽霊がキム・ジウォンに目をやりながらそう口にした。あんたには関係ないでしょ。私が言った。すると、クルミパンを食べていたキム・ジウォンがギョッとした。私は一瞬動揺して、あんたに言ったんじゃないと説明した。キム・ジウォンは、もういい、と椅子から立ち上がりかけた。それはそうだろう、キム・ジウォンにすれば、店内にいるのは自分と私の二人きりなのだから。

ええい、なるようになれと思い、今、隣に幽霊がいると打ち明けた。幽霊じゃないって。いつのまにかまた私の隣に戻っていた幽霊が口を挟んだ。じゃあ、あんたのことをどう説明すればいいわけ？　私はあんたたって何回言わせんのよ。だから、私はキム・ジウォンにもう一度言った。今、私の隣に私そっくりの幽霊が立ってるんだけど、本人いわく、自分は幽霊じゃないんだって。

幽霊？　オンニ、なんで独《ひと》りごと言ってるの？　キム・ジウォンが心配そうな目でこっちを見ていた。私もこれをどう説明していいかわからなかったが、今日のお昼、ものすごく寒く感じたかと思ったら幽霊が出た、と話した。キム・ジウォンは、私の顔をしばらく見てから言った。前から思ってたんだけどさ、オンニって、普通じゃないよね。本当に私がおかしくなったと思ったのか、あるいはいい加減なことを言っていると思ったのか、キム・ジウォンはまた椅子に座り直すと、クルミパンを食べ始めた。その日、彼女はいつもよりやや早めにパン屋を後にした。どうか、私を避けてのことではありませんようにと祈った。

　キム・ジウォンが去った後は退勤ラッシュの時間になって、会社帰りの人が押し寄せた。幽霊はカウンターの中の床に座っていた。忙しくパンを売りながら幽霊にまで気をつかったせいで、閉店の頃には完全にへとへとだった。今日も、陳列棚にはジャガイモパンが三個残っていた。パン屋には二十種類以上のパンがあったが、その中で一番不人気なのがジャガイモパンだった。見た目も悪いし味もイマイチだから、毎日二、三個は必ず売れ残っていた。そのため、残ったジャガイモパンは毎回私が処分する羽目になった。はじめは毎日の夕食にしていたが、あまりに食べ飽きたので、ジャガイモパンの新たな処理方法を見つけ出した。

　家に帰るんじゃなかったの？　幽霊に訊かれた。帰る前に寄るところがあると私は答えた。予想はしていたが、仕事が終わってからも、私は幽霊とくっついていなければならなかった。ほんの少し離れただけでも、寒くて我慢ができなくなったからだ。私は幽霊と一緒に地下のトンネルを抜けて、近くの漢江《ハンガン》（ソウルを南北に流れる川。川べりは市民の憩いの場所となっている）へと向かった。そうして川べりにしゃがみこみ、売れ残りのジャガイモパンを魚にやった。パン屋に勤めてこの三年、欠かさず続けてきたことだ。パンのかけらを放り投げると、水面に魚たちのパクパクした口が浮かび上がった。あんたもパン食べる？　幽霊に訊いたが、食べ物は口にしないという返事が返ってきた。

代わりに、幽霊は魚に関心を見せた。けなげでかわいい。幽霊は魚を眺めてそう言った。そんな言葉を聞くのは少し苦しくなるくらいに恥ずかしくて、なぜかというと、それはまさに私の感想でもあったからだった。そういう思いを口にしたことは一度もなかった。ジャガイモパンを少しずつちぎって魚に投げながら、私は自分のぶんのそぼろパンを食べた。そのあいだ、幽霊は川べりに腰を下ろして魚を見物していた。

あんた、この子たちにジャガイモパンしかあげてないの？　突然幽霊が言った。なんで？　慌てて訊き返した。この子たち、ジャガイモパンは全然おいしくないって。魚があんたにそう言ったわけ？　私の質問には答えずに、幽霊はまた魚たちのほうを見た。魚たちは幽霊に訴えるかのように、必死に口をパクパクさせていた。うん、生きるために食べてるって。しばらくして幽霊が言った。それが、なんであんたにわかるのよ？　魚と話したわけ？　うん。裏切られたような気分になって、私は残りのジャガイモパンのかたまりを、投げずに呑み込んでしまった。そうやって久しぶりに口にしたジャガイモパンは、魚たちの想いを否定できないくらい、パサパサしておいしくなかった。

パンをすべて食べたり投げたりした後で、幽霊と私はようやく八坪のワンルームに帰り、横になることができた。幽霊が隣に寝転がると、それでなくても狭い部屋がキツキツになった気がした。二年前にジョンスと眠って以来、誰かと一緒に眠るのは初めてだった。なかなか寝付けないだろうと思っていたが、いざ幽霊が隣に横たわるととてもあたたかくて、いつ寝入ったのかわからないくらい深い眠りに落ちた。

毎週土曜は、ジョンスに会いに病院に行っていた。ジョンスの両親も、その時間は私のために席を外してくれた。もう二年、繰り返してきたことだった。

病室に入ってすぐのベッドにジョンスが横たわっていたが、今回ばかりは幽霊と一緒なのがうれしかった。ゆうべから私は、幽霊が魚と言葉なしで会話したように、ジョンスともやりとりできるのではないかという期待に、胸をふくらませていたのだ。私が頼むと、幽霊はジョンスのほうへ体を傾けて目を閉じた。しばらくして言った。何も聞こえない。もう一度だけ、やってもらっちゃだめ？　私は言った。集中したら、できるかもしれないでしょ。幽霊はまた目を閉じた。私はその様子を爪を嚙みながら見守った。相変わらず、静かだね。幽霊が言った。わかった。私はそう答えた。確かに淡々とした表情を浮かべていたはずなのに、幽霊は私に、あまり心を痛めないでと言った。

病室のベッドに寝ているジョンスを、じっと見つめた。ジョンスは二年前の夏、家の前で交通事故に遭った。パン屋で仕事をしているとき、ジョンスのお母さんから電話が入った。もしもし。震える声を聞いたその瞬間、ジョンスに恐ろしい出来事があったと直感した。あの日、ジョンスが何のために家を出たかは誰にもわからなかった。約束があったわけでもない、服装もカジュアルだった。ジョンスは散歩に出たのかな、ごはんを食べに行ったのかな、煙草《たばこ》を買いに出かけたのかな、もしかしたら、私に会いに来ようとしたんじゃないのかな。私は絶え間なく考え続けた。

幽霊を介して会話ができたら、訊きたいことはたくさんあった。戻ってこない返事を待つうちに、季節は八回変わっていた。もう独りごとを言うのが自然になっていたし、ジョンスの前で泣くこともなかった。

私は、ジョンスの右手の補助ベッドに寝転がった。私が横になると、幽霊も真似をしてジョンスの左手に寝転がった。やめてよ、ジョンスが窮屈《きゅうくつ》になるでしょ。私が言った。私は場所を取らないから。幽霊が言った。それで話すことはなくなって、私たちは結局、ジョンスを挟んで寝転がった。この子、ものすごく鼻が高いね、目元も涼しいし。幽霊は、隣に横たわってジョンスの顔を見ながら言った。あんたがなんで好きだったかわかるな。その言葉に私は返事をしなかった。私の感情をまったく同じに感じるというこの幽霊は、私がなんでジョンスを好きか、ではなくて、好きだったか、と言った。そのことを考えながら天井を仰いだ。隣に寝ているジョンスの顔が見られなかった。

しばらくしてから、静かな声で、ねえ、ジョンス、と話しかけた。そして、相変わらず顔は天井に向けたまま続けた。気がついてるかもしれないけど、私、幽霊に取り憑かれてるの。だから、今日はジョンスと話ができるんじゃないかって期待してたんだけど、よく考えたらジョンス、あんたは幽霊じゃないもんね。魚じゃないもんね。あんたは人間だもんね。私が勘違いしてたみたい。ごめんね。

病院からバスで家に戻るとき、私の隣に座った幽霊が言った。心が変だ。あの男の隣に寝てたのに、胸が詰まってる。だから？　私が訊いた。それだけ。幽霊が答えた。私は何も言わずに、前の座席の人の真っ黒な後頭部を見つめていた。

　家に着いてシャワーを浴びて、電気を消して、横になって天井を仰いだ。こらえていた涙がやっと流れた。ジョンスに対する愛情がなくなってしまったことに、気がついていた。いつからか私は、ジョンスが好きだからじゃなくジョンスと別れるために、ジョンスのことを待っていた。天井を見つめながら、しばらく声を出さずに泣いた。泣いていると幽霊に気づかれたはずだけど、泣きやむことはできなかった。


　日曜は一週間で唯一、家でゆっくりする日だった。起きたとき、自分の隣に寝ている自分の顔に心臓が止まりそうになった。幽霊もびっくりしたのか、私たちは互いに大きく目を見開いたまま見つめ合った。こういう状況に適応できるようになるには、やはりもう少し時間が必要そうだった。あんたも寝た？　私は訊いた。ううん、ただ寝転がってた。そっちは、寝てても心が忙しいね。幽霊が言った。ジョンスのことを考えて寝たからかな、と心の中でだけ考えた。ちょっと、ごはんの支度してよ。少しして私が言った。やだね。幽霊が答えた。結構前から、私はしたくないことがあるたびに、体が二つあったらいいのにと思っていたのだが、いざ登場した二つ目の体は何の役にも立たなかった。

　私はようやく起き上がって卵焼きを作った。そうやって用意した朝ごはんを一人で食べたが、食べた量はいつもの二倍だった。もしかして、私があんたの分まで食べることになってるの？　私は訊いた。違うよ、単にあんたがいっぱい食べたの。幽霊が切り返した。私は皿洗いをしながら、心の中では、この妙な幽霊はどうしたら消せるんだろうと思い悩んでいた。病院に行くべきか。教会に行くべきか。お祓《はら》いをするべきか。

そこに、突然シンクの脇から、人差し指くらいの大きさのゴキブリが現れた。私が驚くと、床に寝転がっていた幽霊もパッと起き上がった。どうした？　私はゴキブリを指さした。幽霊はゴキブリをじっと見つめながら、私に玄関ドアを開けるようにと言った。玄関ドアを開けると、ゴキブリはすぐにおとなしく外へ這い出て行った。どうやったのよ？　呆気にとられて私が訊いた。ただ、出て行ってくださいって丁寧に頼んだの。それが通じたわけ？　うん。その瞬間私は、幽霊と一緒にいるあいだは虫の心配をしなくていいんだ、冬が来るまで一緒にいてみようか、と、しようもないことを考えた。

当の幽霊は、私が何を考えているかも知らずに窓辺に腰を下ろし、降り出した雨を眺めていた。何日か曇り続きだったが、やっと本格的な雨になったらしい。私が、退屈じゃないかと訊くと、感情が伝わってくるのがどれほどバタバタした状態かわかるかと幽霊は言い返した。こっちは今、リラックスしてるんだけどな？　私が言うと幽霊は首を振った。今までただの一度も、リラックスしてたことはなかったよ。

それが間違いであることを見せつけるために、私はこの世で一番リラックスした姿勢で寝転って鼻歌を歌った。ところが、鼻歌を歌っている途中も、不意にジョンスが頭に浮かんできた。ジョンスは鼻歌が好きだったからだ。今でもジョンスは鼻歌が、オルタナティヴ・ロックが、軽い散歩が、きちんとしたシャツが、好きだろうか？　明日にでも目を覚ましたら、目覚めたジョンスと私が知っているジョンスは、どのくらい同じだろう。あるいは、どのくらい違うだろう。

私には、この二年間で変わったことがたくさんあった。雨の日が嫌いだったのに今は好きだ。ハリウッド映画の代わりに、ゆったりしたフランス映画が好きになった。一番好きなパンが、ソーセージパンからそぼろパンに変わった。だからといって、嫌いだったジャガイモパンを好きになりはしなかったけど……と思いをめぐらしていると、ほらね、と幽霊が言った。リラックスした状態とは程遠いんだって。

＊

出勤するなり、倉庫から折りたたみ椅子をさらに一つ出した。幽霊のたっての希望だった。いくらなんでも、床に直《じか》に座らせるのってあんまりでしょ。パン屋に置かれている椅子は、だから合計三脚になって、私は一日中、幽霊と並んで座ることになった。お客がいないと、幽霊は椅子に座ったまま足をゆっくりぶらぶらさせた。忘れていたけれど、それはかつての私の癖《くせ》だった。なんでそんなにじっと見てるの？　足を揺らしている幽霊に訊かれて、私は何でもないと答えた。

幸い、キム・ジウォンはその日の午後もパン屋にやって来た。心の中で、キム・ジウォンに避けられるんじゃないかと気を揉《も》んでいたところだった。チーズロールパンを食べながら、キム・ジウォンは、今もここに幽霊がいるのかと訊いてきた。隣に座っていると答えると、証明してほしいと言った。どうやって？　私は訊いた。ロールパンを宙に浮かせてみてよ。キム・ジウォンが言った。幽霊はそういうことはできないと答えた。すると今度は、パン屋の電気を消してほしいと言った。私は、やっぱりそれも難しいと言った。幽霊なのに、できることが何もないの？　キム・ジウォンはすっかり期待外れの顔になった。

できることはあるよ。動物と話もするし、私の感じている感情を、まったく同じに感じているよ。私が言った。じゃあ、いまのオンニはどんな感情をしてるって言ってる？　キム・ジウォンが質問した。いつもとおんなじ、憂鬱《ゆううつ》だね。幽霊が答えた。すごーく、穏やかな状態だって。私は伝えた。キム・ジウォンは首をかしげると、幽霊が本当にオンニと同じ姿なら、会ってるとき不思議な気分だろうな、と言った。もう私の話を信じたの？　私は訊いた。正直に言っていい？　半分はオンニを信じてるけど、残り半分は、オンニが壊れちゃったと思ってる。その程度なら悪くないと私は言った。

学校、やめたいんだ。チーズロールパンをすっかり平らげてキム・ジウォンが言った。学校ってあまりにうるさいし、あたしはあまりに静かすぎるし。その言葉に、またジョンスを思い出した。長いあいだ、静まり返っているジョンスを。キム・ジウォンが帰ってからも、幽霊と私は同じようにレジカウンターに頬杖をついて座り、浮遊する埃を見ながら考えにふけった。

その日の夕方も、ジャガイモパンが一つ売れ残った。私はジャガイモパンとそぼろパンを持って漢江《ハンガン》に行くと、それぞれ半分ずつにした。おいしいパンとおいしくないパンを、魚と私で公平に分けあって食べることにしたのだ。パンのかけらを投げていると幽霊が言った。彼氏とは、何年付き合ったの？　五年。私は答えた。元気なジョンスと付き合ったのは三年、寝てるジョンスと付き合ったのは二年。私の心が重く沈むのを感じたのか、幽霊はその場から立ち上がって魚のほうへ近づいた。魚たち、ありがとうってさ。幽霊が私を見て言った。少しして、訝《いぶか》しむような顔つきで私に言った。魚に挨拶されたのが、そんなにうれしいわけ?

奇跡を願わなくなったのは、いつからだっけ。私は売り場の掃除をしながら考えた。失望が積もれば怒りになり、怒りは結局諦めになるから。それを繰り返さないように、私はいつからか、何も望まなくなった。

ひょっとするとそういう態度が、幽霊をおとなしく自分の生活に受け入れるのに、一役買ったのかもしれない。私はこの一週間ずっと幽霊と出勤し、幽霊やキム・ジウォンと雑談をし、幽霊と漢江《ハンガン》に行ってパンを投げ、幽霊と眠りについた。寝ている途中に目を覚まして、目の前に自分の顔があっても驚かなくなった。だからといって鏡を見ているという感じでもなかった。いくら見た目が同じとはいえ、幽霊には私とまったく違う部分があった。

幽霊はなんというか、私より私の感情にはるかに忠実に反応した。私が悲しみに暮れているときは最初から床につっぷしてしまったし、キム・ジウォンが来てうれしいときは、彼女の隣に近づいて鼻歌を口ずさんだ。いつだったか、一度お客さんが陳列されているパンをグッ、グッ、と指で押していたことがあった。パンに触らないでくださいと私が言うとその人はいきなり怒り出し、触っていたパンをそのままにして出て行ってしまった。幽霊はその日の勤務時間のあいだ、腹が立ってしようがないという様子でずっとパン屋の中を歩き回った。落ち着かないからもう動かないでくれと言うと、あんたはそうやってためこんでばかりいるから泣きべそ顔なんだ、と言い放った。

自分と同じ姿でそんなふうにふるまう幽霊には、どれほど見ても適応できなかった。ああいう姿を人に見られていなくて本当に良かったと思った。ところが、今日のお昼、米粉食パンを買いに来るおじいさんは私を見て、表情が柔らかくなったと言った。幽霊が来てからは、ジョンスについて考えることが減ったからかな、バタバタしているせいで、消えてしまいたいと思わなくなったからかな。私は、おじいさんからもらった紅参《ホンサム》キャンディー（高麗人参を皮ごと蒸して乾燥させた紅参風味の、やや苦味があるキャンディー）を舌で転がしながら、一生懸命考えた。

同じ日の夕方、いつものように、パン屋を出て幽霊と一緒に漢江《ハンガン》へ向かった。金曜の夜だからか、通りには人が多かった。いつもは並んで歩く幽霊と私は前後になった。幽霊の後ろに回って、生まれて初めて私は自分の後ろ姿を見ることになった。低い背丈、丸い後頭部、肩のラインすれすれのボブヘア、狭い歩幅。もっと胸張ってよ。私は幽霊に言った。すると幽霊が呆れたように笑った。隣にいたカップルが、怪しむ目つきで私のことをじろじろ見ながら通り過ぎて行った。

今日、魚たちのために用意してきたのは、食パンとジャガイモパンだった。明日は病院に行く日だね。静かに座っていた幽霊が言った。うん。私は答えた。いつまで？　幽霊が訊いてきた。手の動きが一瞬止まったが、再び食パンをちぎりながら考えた。それは、私がずっと前から自分にしてきた質問だった。そして、いつからかやめてしまった質問でもあった。ある時は、一日我慢すれば一日が過ぎる、そうやっていつまでだってジョンスを待てると思った。でも別な日には、これ以上一秒も待てないという思いが突然込み上げてきた。だから私が出した最善の答えは、そのまま考えに蓋《ふた》をすることだった。だけど、本当にいつまでそうしていられるかな？　私は幽霊の質問に答えられなかった。

幽霊は翌日、病室に入るやいなや、ジョンスの隣に横になった。私は病室の窓を少し開けて、風が通るようにした。それから椅子に腰を下ろして、ジョンスの顔をじっと覗き込んだ。目をつむったまま無表情でいるジョンスの顔には、もう慣れっこだった。笑ったり顰《しか》めたりしていた、集中したり弛緩《しかん》したりしていたジョンスの顔を思い出そうとすれば、大昔の写真を引っ張り出さなければならなかった。

私はジョンスに、このかんの出来事を聞かせてあげた。ジャガイモパンは相変わらずおいしくなくて、魚たちは私より好みがうるさくて、キム・ジウォンは来年にはもう高校三年生になるといった話を、とりとめもなく口にした。幽霊についての話ももちろん外せなかった。私は、幽霊と過ごすのは思っていたほど悪くないと言った。幽霊は虫も追い出してくれたし、魚の言葉も伝えてくれたと。私が騒々しくしているあいだ、幽霊もじっと横たわって私の話を聞いていた。

話し終えると、私はジョンスの手を握ってみた。ちょうど背後に爽やかな風が入りこんで、私は目をつむり、ジョンスと手をつないで歩く想像をした。ずいぶん昔、私たちが毎日そうしていたように。私とジョンスは漢江《ハンガン》の草むらを歩き、よく行っていた近くの街並みを歩き、家の前の狭い路地を歩き、パン屋に続く横断歩道も渡った。そうしているあいだ、私はまったく悲しくなかった。怖くもつらくもなかった。道をすっかり歩き終わった後も、しばらく目をつむっていた。

不思議だった。想像というにはあまりにリアルだったたし、夢というには明らかに私の意識は醒《さ》めていた。目を開けたとき、私は幽霊に尋ねた。あんたがやったの？　幽霊は何のことだかわからないと言ったが、私はそれが、幽霊からのプレゼントだったたことに気がついた。

その日、私は幽霊と一緒に幸せな気分で家に戻った。あたたかいシャワーを浴びて、やる気が出てごはんも作った。そして茶碗一杯ぶんのご飯を食べた後でシンクに重なった洗い物を見て、思わず手のひらを額《ひたい》に当てた。ところが額に当てた瞬間、突然涙が出そうになった。

ジョンスと私は二人でいるとき、ごく些細なことにも、大げさぶって額に手をやった。歩いていて靴紐がほどけたら、額に手をやった。するとジョンスが靴の紐を結んでくれた。私に貸すはずだった本をうっかり家に忘れてきたとき、ジョンスは額に手をやった。そうしたら私は許してあげた。ひっきりなしにあふれてくる心を押し戻そうとして、私は目をつむった。ふと、あたたかさを感じて目を開けると、幽霊が私の前で泣いていた。

私は幽霊の泣き顔を見つめた。私に届かなかった感情が、すべてその中にとどまっていた。手を伸ばして、幽霊の両目からぽろぽろこぼれ落ちる涙をぬぐってやった。手には触れなかったけど確かにあたたかく、それがあまりにあたたかいから、私は泣くことができた。どこの幽霊が、涙まで流してんのよ。私が言った。幽霊じゃないってば。泣いている最中も、幽霊はそう言った。しばらくして幽霊は私を抱き寄せたが、それは私が生まれて初めて受け取る、一寸の誤差もない完璧な理解だった。ここまでみたい。抱かれたままで私が言うと、幽霊は、だね、と答えてくれた。

＊

私はその日以降も何日か、さらに淡々とした日常をキープした。出勤して、売り場の床を拭いて、パンを売った。シュークリームパンを食べるキム・ジウォンに、我慢していた質問もした。パンに飽き飽きしたりしない？　キム・ジウォンは真面目に考えこんでから、ここのパンはすごくおいしくもないし、すごくマズくもないから、ずっと食べられる、と言った。食べてるときに味のことをなんとも思わないから、ずっと食べられる、と。

最近キム・ジウォンは、幽霊の存在を完璧に信じるあまり、幽霊がどこにいるかを当てる遊びに夢中だった。なんだか陰湿だとか冷たい感じがするとか言っては、ここだ、とパン屋の適当な場所を指さしたりしていたが、ほとんど当たらなかった。そんなふうにキム・ジウォンと遊んで、魚とジャガイモパンを半分ずつ分け合って食べる平穏な日常を送りながらも、一日に小さな隙間ができるたびに、つまり、パン屋のお客さんが途切れたり、食事を終えて魚たちが姿を消した川を前に座ったりしている、そういうたびに、私はぼんやり物思いに沈んだ。そんなときは、幽霊もつられて魂が抜けているように見えた。

ある木曜の夕方、私は、漢江《ハンガン》に行く代わりにジョンスのいる病院へ向かった。病室ではジョンスのお母さんがベッドの脇を守っていた。お母さんは私を見て少し驚いたが、すぐに淡々とした表情になった。そして私には何も訊かずに、うん、大丈夫よ、とつぶやきながら私の背中をぽんぽんと軽く叩いてくれた。じゃ、ちょっと夕ごはん食べてくるわね。お母さんは言った。その言葉が嘘だと知りながら、私はいってらっしゃい、と言葉を返した。わかっていた。ジョンスのお母さんは、食堂じゃなくて人のいない場所を探しに行ったことを。それから長いあいだ泣くということを。

ジョンスのお母さんが出て行った病室で、私はジョンスの顔を限りなく見つめた。すべてのことを焼きつけたくて、ジョンスの顔をそっと撫《な》でたりもした。そのあいだ、幽霊は壁にもたれかかって立ち、すべての時間を一緒にいてくれた。ひとしきりすると、ようやく私は、長いあいだ口にできなかった言葉、漢江《ハンガン》の魚たちの前でだけ繰り返していた言葉を、伝えることができた。

私は、ジョンスのお母さんが戻ってくる前に、幽霊と部屋を抜け出した。お母さんが言っていた「うん、大丈夫よ」というのは、ジョンスに代わって返してくれた答えだったかもしれないと、後になって思った。お母さんもまた、二年前に私が電話を取ったときのように、一瞬ですべてを直感したのかもしれなかった。その日私は、ジョンス、ジョンスのお母さん、病室の重い空気、青白い蛍光灯がともった長い廊下、そのすべてから逃げ出してしまった。

オンニ、今日はひどい状態だね。一睡もしていない状態でパン屋に座っている私を見て、キム・ジウォンが言った。そういうキム・ジウォンの状態も、あまりよさそうには見えなかった。咳をして洟をすすっていた。もう風邪ひいたの？　訊くとそうだと言う。私は、あたたかいハーブティを一杯淹《い》れてやった。私、キム・ジウォン、そして幽霊は、それぞれの指定席に疲れた顔で座り、しばらくのあいだ何も言わずにいた。

オンニは昨日眠れなかったの？　キム・ジウォンが沈黙を破った。返事をする代わりに言った。私、パン屋さん辞めようかな？　ここを辞めて、南の島に行って住もうかな？　キム・ジウォンは本気かと訊き返した。私は、半分本気で半分冗談、と答えた。

あたしは、オンニに会いにここに来てるんだよ。パンはそんなに好きでもないし。キム・ジウォンが言った。この前オンニが、寒がってたら幽霊が出たって話してたから、何日か窓を開けっぱなしにして寝てたの。あんまり寂しすぎるから、幽霊でもいたらって思ったのに、幽霊は出ないし風邪はひくし。だから、南の島にはもっと後で行くんじゃだめ？

私はその日、キム・ジウォンを連れて漢江《ハンガン》に行った。最初キム・ジウォンは魚たちを怖がっていたが、魚たちがキム・ジウォンを歓迎しているという幽霊の言葉を伝えると、すぐに楽しそうにパンのかけらを投げ始めた。これって誰が食べるんだろうと思ってたけど、オンニと魚だったんだね。キム・ジウォンがジャガイモパンを見て言った。すべて投げ終わった後も、私たちは川べりに座りこんで話をした。私は、南の島の話はただ言ってみただけだと伝えた。そして、いずれ私がパン屋を去っても、私たちはどこでだって会えると話した。静かに座っていた幽霊が立ち上がった。幽霊はキム・ジウォンの隣に行って腰を下ろし、キム・ジウォンの肩を抱いてやった。何したのかわかんないけど、すっごいあったかいね。キム・ジウォンが言った。

そのすべてが過ぎてから、初めて病院に行かずに迎えた土曜だった。横になりながら何をするか考え、先延ばしにしていた家の掃除をすることに決めた。私が掃除しているあいだ、幽霊は食卓に座ってずっと足をぶらぶらさせていたが、掃除機を近づけると足を持ち上げてくれた。ついでに、私はたまっていた皿洗いも終わらせた。

午後には家もきれいになって、私は冷蔵庫から缶ビールを一本取り出すと床に腰を下ろした。冷えたビールを飲んだら、すぐにいい気分になった。いつのまにか幽霊も隣に座っていた。私たちは並んで床に座って、窓の外を眺めた。

＊

特別なことがなかった午後、幽霊は、私の肩にもたれている途中で、すーっと消えた。消える前、私の耳に何か囁《ささや》いた。だけど言語の形態ではなかった。それは、夢のように美しくて羽のように柔らかくて、魚のようにしなやかで流れる水のようにきらきらした、幽霊の心だった。

光っていません

빛이 나지 않아요

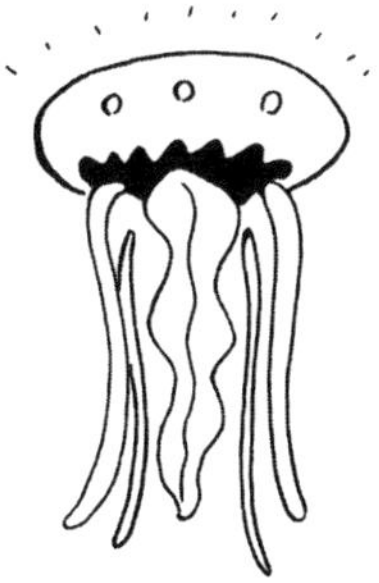

雨が降ると、雨漏りが始まった。最初はぴちょん、ぴちょん、と落ちていたのが、やがて居間の天井に穴でも開いたような勢いで、猛烈に。急いで鍋で受けてみたが無駄だった。一日中雨水をくみ出して床を拭くのに追われ、夕方になって雨が止むと、クと私は居間に倒れこむみたいにして横になった。寝そべったままテレビをつけると、世界が滅亡しかけていた。

ニュースでは、全身びっしり水膨《みずぶく》れになった人が救急車で運ばれていく姿が映っていた。目鼻立ちが水膨れに埋《う》もれて顔の見分けがつかず、体を動かすのも大変そうだった。記者は、人々がそうなった原因はクラゲだと言った。人間をクラゲにしてしまう、変種のクラゲが現れたということだった。

夜になると、海辺で青い光を発するクラゲたち。光で相手を誘引して、近寄ってきた対象に触手を絡《から》みつけ、自分と同じクラゲの姿に変えてしまうのです。

記者のコメントが終わるなり、画面にはクラゲとヒラメが一匹ずつ一緒に入れられた水槽が登場した。早回しの映像の中で、底にへばりついていたヒラメをクラゲの触手が撫《な》で、するとヒラメの形が歪《ゆが》んで、すぐにクラゲとまったく同じ姿になった。カッコいいな。テレビから目を逸《そ》らさずにクが言った。カッコいいね。私が言った。二人のやっていたバンドがダメになってから、私たちは暇さえあれば世界が滅亡してしまうことを願っていた。その願いが、これほど早く叶うとは。

クラゲに変わりかけた人たちを見ていると、天井から雨漏りがするくらい、何でもないことのように思えた。つまり、バンドがダメになって、ソウルにあったウォルセ（韓国の月極賃貸システム。所定の保証金を払った上で、毎月の家賃を支払う。保証金は契約終了時に全額返還される原則だが、家賃滞納等があった場合は保証金から差し引かれる）の部屋の保証金が底をついて、追われるように田舎にやって来て暮らすことになったクの死んだおばあさんの家の天井が雨漏りすることなんか、さして驚く話ではないのだ。クと私はうきうきしてYouTubeでクラゲを検索し、それがネット上ではゾンビクラゲと呼ばれていて、韓国はもちろん、全世界の海を占拠しているという事実を突き止めた。しばらく検索していたらお腹が減って、ラーメンを作って食べた。

＊

変種クラゲの出現から半月が過ぎた。クと私の願いを裏切って、世界はそれほど簡単には滅亡しなかったが、それは、クラゲが水の外ではまるきり移動できないせいだった。全国の海水浴場が閉鎖されると、大部分の人はクラゲに出くわすことがほとんどなくなった。学生は相変わらず通学し、会社員は通勤していた。

それでも変種クラゲはみんなの関心の的《まと》だった。脳も心臓もなしで海の中を漂いつつ、自分に触れたすべての動物をクラゲに変えてしまう、ゾンビクラゲたち。同じ場所で静かに光を出すだけで相手をおびき寄せる姿は優雅にさえ映った。クラゲの光にさらされると、人間にも近づきたいという衝動が生じかねないと科学者が発表して、とたんにサングラスの販売量は前例がないほど急増した。

クラゲの受け止め方は人それぞれだった。ある人はクラゲに滅亡を見た。ある人は神の姿を見て、ある人は人生の脱出口を見た。そしてクは、クラゲから就職のチャンスを見出した。

急激に繁殖した変種クラゲは、海にあふれかえるだけでは足りずに海岸にも打ち寄せた。死んでからもしばらく触手の神経が生きていて危険だったし、腐敗の過程でひどい悪臭を発した。海辺の住民から殺到する苦情に困った政府は、海岸美化員の採用を始めた。海岸美化員は毎朝、海岸で腐っているクラゲの死体の始末をした。重いクラゲを持ち上げて動かすことができる若い男性が優遇されて、クはまもなく海岸美化員になった。

クが出勤すると、私は家に一人だった。仕事の口を得るためにあちらこちらへ願書を出していたが、連絡をくれたところは一か所もなかった。海岸の村に観光客が立ち寄らなくなって、誰もが大変だった。私は毎日毎日時間をもてあまして、そのありあまる時間をクラゲの検索をして過ごした。インターネットにはクラゲ情報が飛び交っていたが、真実はそのごく一部で、ゾンビクラゲに関する真実の一つは、既存のクラゲになかった視覚や聴覚がかれらには存在するという点だった。自分たちがどんな変化を引き起こしているか、ゾンビクラゲは目で見て、耳で聞いていた。そのことを知って、私はゾンビクラゲがさらに少し好きになった。

クラゲを追いかけてネットサーフィンをしているとクが帰ってきた。ク、知ってた？　一か月あれば、ゾウもクラゲに変わるんだって。私の言葉にクは疲れた顔でうなずき、気まずくなった私は、クが買ってきたダメになる一歩手前の海苔巻き《キムパプ》をつまんだ。実は、少し怖くてさ。黙々と海苔巻きを口に運んでいたクが言った。何が？　クラゲどものこと。確かに昨日、数百匹を片付けたのに、翌日になるとそのまんまで。翌日も、また翌日も、そのまんま。たまに、ヘンな悪夢を見ている気がする。私は何も言わずにクの肩を抱いた。疲れきったクからは、腐ったクラゲの臭いがした。仕事を始めてからクの体に染みついたその臭いは、いくら一生懸命洗っても消えなかった。

あとどれくらいひどくなったら、世界って滅亡するんだろう？　寝ようと横になった時、私は訊いた。オレも知りたい。闇の中でクが答えた。ここに来てから、私たちは一度も音楽の話をしたことがなかった。クはギターを売ってしまっていたし、私は、歌うどころか口ずさむことさえしなかった。毎日のようにしていたことを一瞬でやめてしまうなんて、おかしいよね。

私は、クの痩《や》せた背中を見つめながら、大昔私たちが一緒に歌った曲を頭の中で再生してみた。いつになったら、またあの時に戻れるだろうか。クがどこかから買ってきた大きなたらいに、再び雨粒が落ちる夜。寝ているあいだに、家が水浸しになったりしないよね。そうだよね。心配しながら眠りに落ちた。

*

クラゲに変身した人を通報する緊急電話番号（〇八二）ができた。

クラゲが原子力発電所の取水口を塞《ふさ》いで、あちらこちらで停電が起きた。

クラゲになった家族とともに暮らそうとする人たちと、安楽死をさせるべきという政府の立場が対立した。

クラゲになった犬を抱きしめて悲しんでいた飼い主が触手に刺される映像が、百万回の再生回数を記録した。

新興クラゲ教が生まれた。

自殺幇助《ほうじょ》団体で、クラゲの触手が高値で取引された。

複数の犯罪組織が、クラゲの触手を人を殺傷する新たな武器として積極的に活用した。

安いグミはクラゲから作られているという怪談が広がった。

中華料理店で、クラゲの冷菜はもう取り扱いがなくなった。

クラゲのようなツヤ感のある肌に、と広告で謳《うた》った化粧品会社が、翌日に誠意のない謝罪文を発表した。

クラゲ教ができるのもわかる気がするな。夜遅く、クの腰に湿布を貼ってやりながら、思わず私はそんな言葉を口にしていた。クにどうしてかと訊かれて、なんとなく、とごまかしたが、最近見た動画のせいだった。YouTube には、クラゲの光に魅せられた人たちの映像がたまにアップされていた。演技かもしれないが、その人たちはためらうことなくクラゲに近づき、自分を止めようとする人を乱暴に振り払った。何よりかれらは、恋に落ちたような表情をしていた。

その場面を見て、気がつけば羨《うらや》ましくなっていた。数えきれないくらいオーディションを受けたけれど、ただの一度も、ああいうまなざしを向けられたことはなかった。どんな光を出せば、あんなふうにみんなを惹きつけられるんだろう。関心を持たれずに終わったステージがどう恥に変わるか、誰にも聞かれていない曲がどう消えていくかを思い出すと、私はいまだに身がすくんだ。

＊

願書を出したとこから、連絡は来てないのか？　湿布を全部貼り終わるとクが言った。うん。私は返事をした。そもそも、応募できる仕事の口がなくなってかなり経っていた。同僚から訊いたんだけど、最近は、クラゲになりたい人をサポートする会社があるらしいよ。自殺幇助罪に引っかかるんじゃない？　自殺じゃないだろ。クラゲとして生きていけるように、海に送ってやるのさ。クは、同僚の母親がその仕事をしている、やる気があるなら私をその会社に推薦できると言った。

家を訪問して、顧客がクラゲになるまで見届けてやるって仕事なんだけど、とそこまで言って、クは少したためらいがちに付け加えた。さっきオマエが話してた、クラゲ教が運営しているところなんだ。クラゲを神様だって信じてる人たち？　うん。同僚のお母さんだってそんなのは信じてない。みんな稼ぎたくてやってるんだよ。私はやると答えた。今お金を貯められなければ、永遠に音楽ができないかもしれなかった。そう考えたら、それ以上のことだってできた。

やる、と口にしてから話はトントン拍子に進んだ。私はクの同僚のお母さんの推薦で形式的な面接を受け、気がつけば研修を受講するために講堂に座っていた。大きな講堂に座って、顧客をクラゲにする方法について学んだ。

顧客は、一日目にクラゲの触手から作った錠剤を飲むと肌が赤くなって水膨れができ、二日目には透明な水膨れが体中に広がって、三日目の朝には完璧なクラゲに変わると研修担当の講師は説明した。百時間あれば健康な成人男性もクラゲになれる。そのプロセスで私たちがすべきは、契約書にサインをもらって、水槽に水がちゃんと溜まっているかを確認して、非常に苦痛が大きい変身の過程で、顧客に鎮痛剤と睡眠薬を投与することだった。

講師が強調したのは契約書だった。万が一の場合、私たちを守ってくれるのは契約書だけだと言った。思った通り、契約書は顧客に不利な内容で、秘密保持条項はもとより変身の過程で現れるどんな副作用も、顧客が甘んじて受け入れなければいけないと書かれていた。

研修が終了すると、会社はヘルパーたちにカバンを配布した。その中にはクラゲの触手の錠剤、塩水の濃度の調整に使う海水塩、顧客がクラゲになった後に食事として支給するプランクトン、そしてクラゲの光から目を守るサングラスが入っていた。サングラスは、映画館でもらう3D眼鏡を連想させる、粗悪品っぽいシロモノだった。

初めて派遣されたのは、三世代が暮らすマンションだった。「イ・ギョンスン、八十一歳、病気の苦しみから逃れて、海に行きたい」。顧客情報欄《らん》の記述はシンプルだった。チャイムを押すと、イ・ギョンスンさんの娘がドアを開けてくれた。後をついて奥の間に進むと、前の日に技師が設置していった浴槽くらいの背丈が低い水槽とイ・ギョンスンさんが待っていた。挨拶をすると、イ・ギョンスンさんは、あんたは誰だと訊いてきた。ヘルパーだと返事をすると、再び誰だと言った。おばあさんがクラゲになれるよう、お手伝いしますね、と説明したが、イ・ギョンスンさんはずっと、私が誰かを訊き続けた。いま、母の調子が良くないもので。静かだった娘が口を開いた。

状況を理解した私は、許しをもらって家の外に出て、マネージャーに電話をした。契約書には本人の同意が必要って、言ってましたよね？　認知症の老人が、自分の意志をどうやって明らかにするんですか？　頭のしっかりしていた時に、ご本人が直接申請されたんです。マネージャーがそう答えた。電話を切った後しばらく廊下に立ち尽くしてから、私はイ・ギョンスンさんのところへ戻って、水槽の水温を確認した。

一日目、私がすべきは契約書を作成して、顧客がクラゲの触手の錠剤を飲む手伝いをすることだった。娘は契約書にサインをすませると、慣れた手つきで母親の服を脱がせ、水槽に入らせた。イ・ギョンスンさんは、この状況を入浴の時間と理解しているらしかった。母は、自由に海で泳ぎたいって言ったんです。動けなくなって五年以上経ちます。水槽に身を沈めたイ・ギョンスンさんを眺めながら、私が訝《いぶか》しんでいることに気づいたかのように、娘はそう言った。

少しすると、娘は焼き芋《いも》の中に錠剤を押し込んでイ・ギョンスンさんに渡した。イ・ギョンスンさんは焼き芋にかぶりついて嚙みもせずに吞み込み、まもなく、悲鳴を上げて体や胸をかきむしり始めた。首の周りが、火傷《やけど》をしたように真っ赤に膨れ上がった。驚いた娘が母さん、と呼ぶと、イ・ギョンスンさんは手を伸ばして娘の腕を強く握った。こういう反応が正常なんですか？せっぱつまった口調で娘が言った。私はそうだと返事をして娘を安心させてから、イ・ギョンスンさんの細い腕に麻薬性の鎮痛剤を注射した。

電気をつけても暗い部屋で、娘と私は、苦しげなうめき声や悪態や呪詛《じゅそ》の言葉が消えるのだけを待っていた。赤い引っかき傷の上に透明な水膨れができて、それがゆっくりとイ・ギョンスンさんの全身に広がる過程を見守った。時間が経って鎮痛剤が効き始めると、イ・ギョンスンさんはようやく静かになった。おとなしくなったタイミングで、私は娘に注意事項を説明した。

娘を安心させるために平気なフリをしていたが、どきどきしていた。クラゲに変わる人間をこの目で見たのは初めてだった。私は、食事もとらずに午後いっぱいを水槽の横で過ごした。何度かイ・ギョンスンさんの状態を確認して、退勤の時間が近づく頃にさらに一度鎮痛剤と睡眠薬を注射した。

どうだった？　家に帰るとすぐにクが声をかけてきた。私は返事をする代わりに、クラゲを始末しながらどんなことを考えているかとクに訊き返した。別に、と、私の肩を揉《も》んでいた手を止めてクが言った。どうしたら早くすむか、手間をかけずに片付けようって。それだけ？　うん。はじめのうちは、クラゲを罵倒《ばとう》して、唾《つば》も吐いてたけどさ、今は何もしない。それって、すっごい怖いことなんだけど。私の言葉に、クは、そうか、と言った。私もしばらくしたら、クラゲに変わる人を見て、何とも思わなくなるのかな。そうかもな。本当に？　そうならないかもな。私は靴下を脱いでクに投げつけた。

二日目に訪問したとき、イ・ギョンスンさんの体は水膨れで覆われていた。ここから本格的な変身が始まるという段階だった。人間がクラゲになるには、すべてが取り除かれるプロセスが必要だった。脳が消えて、神経が消えて、血液の一滴さえ跡形もなく消えなければならなかった。クラゲの触手に触れた人間は、最初に溶けるように顔立ちがなくなって、次に上半身がひとかたまりになり、下半身が数十、数百の筋に分かれた。

別の言い方をすれば、今日はイ・ギョンスンさんに精神がとどまっている最後の日だった。明日になれば、何もかも忘れ去った状態のクラゲになっているだろう。この日、家には娘と娘婿《むすめむこ》、二人の子どもまで全員が揃っていた。かれらがイ・ギョンスンさんに最後の言葉を伝えるあいだ、私は居間に座って待っていた。かれらが出てきた後で、奥の間に入った。

イ・ギョンスンさんの顔が消えているのを確認してから奥の間から戻ると、家族がお昼を一緒に食べようと言った。二回ほど遠慮したがダメだった。テーブルにはカルビチム（牛カルビを蒸し煮したもの。お祝い事などでのご馳走として食べることが多い）にツルニンジン焼き（高級食材のツルニンジンをつぶし、コチュジャンのたれを塗って焼いた料理）まで、たくさんの料理が並んでいた。母の好物なんです。娘が言った。食事をするあいだ、誰も口をきかなかった。子どもたちはごはんを半分ほど残して、それぞれの部屋に引き上げていった。

　僕らがお義母《かあ》さんを引きとめないことを、冷たいと思っておられるかもしれませんけどね、と、これまで一言も話さなかった娘婿が口を開いた。こういうかたちで、僕らは最善を尽くしたんですよ。わかります。私は答えた。マニュアルに載っていた回答だが、実際、かれらのことは理解できた。何かを愛しつつ、それを中断する人について、知らないわけではなかった。

　翌日、奥の間に入ると、水槽にはまさにクラゲしか残っていなかった。運動性や餌《えさ》への反応など、いくつかチェック作業を行った。最後に家族へサングラスを配って、カーテンを引き、部屋の中を真っ暗にした。十分ほど経つと、サングラス越しに白みがかった光が見えた。イ・ギョンスンさんは、ついに完璧なクラゲになったのだ。私は技師を呼んだ。一時間後に到着した技師は、活魚運搬車を改造したトラックに元イ・ギョンスンさんのクラゲを乗せて出発した。

　仕事を終えて家に着くなり、私は縁側に寝転がって固まった。人間って、なんてことないね。寝転がったままクにぶちまけた。あんまりじゃん。あまりに卑怯で、あまりになんてことなさすぎで。お疲れと言って、クが頭を撫でてくれた。その時着信音が鳴った。携帯を出して確認すると、三十五万ウォン（原書刊行の二〇二二年時、日本円にして約三万五千円）が入金されていた。私はクラゲを作って、あんたはクラゲを片付けて、このままいったら私たち二人、永遠に失業しないね。私の言葉にクが笑った。でもさ、ク、みんな泣いてなかったんだ。おばあちゃんがクラゲになったのに、誰も泣いてなかった。寂しいよ、私が言うと、寂しいな、というクの言葉が、やまびこのように返ってきた。

*

とにかく、クと私が人並みの暮らしをできるようになったのは、純粋にクラゲのおかげだった。もはや、税金や公共料金を滞納することも、知人にお金の相談を持ちかけざるを得ないということもなくなった。クと私はせっせと仕事に通った。記録的に長い梅雨で、クラゲはとめどなく海岸に打ち上げられた。クは、週末も連絡が来て出かけることが多かった。

私はと言うと、三日に一度の割合でクラゲを作っていた。生きるのに疲れたが死ぬのは悔しい人は、クラゲと同じくらい多かった。クが予想した通り、私は顧客の変身にだんだんと鈍感になっていった。どんな仕事だって、最初よりは二回目が、二回目よりは十回目がラクに感じられるものだ。顧客と同性のヘルパーが担当になるから、私はさまざまな年代の女性がクラゲになるプロセスをサポートした。

休みを取るのを最低限にした場合、今月の稼ぎは約三百万ウォン。維持費と生活費を引いても貯金ができる金額だ。ある程度の金額が貯まったら、クと一緒にソウルに戻ろう。罪悪感が押し寄せると、ひたすらそのことばかりを考えた。

収入を得るようになって、クと私がそれぞれ買った品物もあった。クは香水、私は弁当箱だった。顧客の家族と一緒の食事の席は毎回気まずかったし、顧客が独身の場合は家を空けるわけにもいかないから、私は弁当を持参するようになった。クは、自分の体に染みついた臭いが気になるのか、生まれてこのかた使ったこともない香水を一瓶買った。海とはほど遠い、青い森を思わせる香りだった。何度か香水を振りかけていたが、真夜中にクを抱きしめると、明らかに塩と砂、腐ったクラゲの臭いがした。

クと休みが重なった週末、雨の中をバスに乗ってスーパーまで買い出しに出かけた。醬油とゴマ、長ネギとほうれん草一把《いちわ》、卵やなんかでカゴをいっぱいにした。ソウルでは自炊をしたことがなかったから、すべてがぎこちない感じだった。帰りのバスで、私は車窓に頭を預けたまま外を眺めた。世の中はだんだんおかしくなっていってるのに、自分たちは家でほうれん草を和《あ》えて食べる予定でいることが、奇妙に感じられた。

外出しているあいだに、たらいは雨水であふれ返っていた。雨水が、だんだんベタベタしてる気がする。クがたらいに浸した指を引き抜きながら言った。まさか。本当だって。そばに行って触れてみると、心なしかベトついている気もした。クラゲのせいかな？　私が訊いた。どうかな。クは中庭を横切って外に水を捨ててきた。

夕ごはんには、私が和えたほうれん草と、クが作った味噌汁を食べた。何も起きないのは、必ずしも悲しいことばかりじゃないんだな、そう思いながら茶碗を空にした。皿洗いを後にして居間のテレビをつけると、クラゲに変わったわが子を閉鎖中のプールで育てていて摘発された夫婦のニュースが流れた。プールにいるクラゲは、私が仕事で見ているサイズよりはるかに大きかった。

クラゲになってからも成長するんだ。その事実に安心した瞬間、クが、トチ狂った野郎どもが、とつぶやいた。どうしてそんなこと言うの？　私が言った。何が？　人に、どうしてそういう言い方するのって。今日は、私が未成年の顧客を海に送った翌日だった。クは返事をしないまま口をつぐんでしまった。

クとの冷戦はそれが初めてではなかった。YouTubeでは、懲《こ》らしめるという名目でクラゲを殺す映像が、常に人気動画に上がっていた。残忍に殺せば殺すほど再生回数は多くなった。寝る前に必ずその映像をチェックしているクに見ないでと言うと、クは気分を害したように携帯を置いたりした。いっとき冷戦に入っても、夕方になると二人はいつものように普通に話をして、深夜にはたらいに水が落ちる音を聞きながら共に眠りについた。

*

今回担当する顧客はキム・ジソンさんだった。顧客情報欄には、サービス業従事、五十歳、三年前に離婚、とあった。変身の理由を書く欄には、クラゲになりたくて、としか書かれていなかった。古くて陰気そうな雰囲気のアパートのチャイムを押すと、小柄で痩せた女性がドアを開けてくれた。

キム・ジソンさんは、部屋に入らないので水槽は居間に設置したと言った。案内されて居間のソファーに座ると、すぐにコーヒーを出してくれた。あまりに親切で、一瞬自分が顧客になったみたいだった。私はカバンから契約書を出してキム・ジソンさんに見せた。契約書を書く途中でやめる人も、多いんでしょうね？　そうだと答えた。ひょっとして取りやめたいということかと思ったが、キム・ジソンさんはサインをし終えると、ためらいもせずに錠剤を飲んだ。冷蔵庫に飲み物を準備してあります。いつでも、遠慮なく出して飲んでくださいね。キム・ジソンさんが水槽に入る前、最後に残したのはそんな言葉だった。

通常は、薬の服用から十分以内に大声を上げて苦しみ始めるのだが、キム・ジソンさんは静かなままだった。歯と歯のあいだから洩《も》れてくるうめき声をのぞくと、居間には沈黙ばかりが漂っていた。私は、いつもより頻繁に大丈夫かと顧客に声をかけ、するとそのたびに、大丈夫という返事が返ってきた。

鎮痛剤を注射した後で、ゆっくりと家の中を見回した。水槽以外で居間にあるのは、私が腰を下ろしている二人掛けの革のソファー一台きりだった。独身の顧客は、あらかじめ家の整理を済ませていることが多かった。がらんとした感じの家の中とは違って、冷蔵庫の中は、キム・ジソンさんが私のために用意してくれたコーヒーやジュースが種類別に並んでいた。私はオレンジジュースを一本出して飲んだ。そうしているあいだも、キム・ジソンさんの体は少しずつ透明になっていた。

仕事から帰る途中でクから電話が入った。同僚がクラゲになったと言う。ちょっと手袋を外しているあいだに、クラゲの残骸《ざんがい》が同僚の手の甲《こう》に飛んだらしい。病院に運ばれたけど、あれが最後の姿だろうな。親しい同僚じゃなかった、それでも。クが低い声でつぶやいた。仕事が退《ひ》けてから、他の同僚たちと飲みに来ていると言った。

夜更け、バス停にクを迎えに行った。酔っぱらったクの脇を支えて家へと歩いた。クからはいつものように、香水や酒のにおいでは隠しきれないクラゲ臭がした。あんたも、私と同じ仕事をしたらダメ？　千鳥足のクを支えながら私は訊いた。あの仕事は、そんなに危なくないし。そういう理由じゃないんだろ。クが立ち止まって言った。オマエは、オレがひどい仕事をしてると思ってんだろ。人間だったかもしれないクラゲを平気で殺して、始末して、おぞましいと思ってんだろ。

クの言葉に私は口をつぐんだ。海岸美化員たちはただ与えられた仕事をしているだけ、クラゲが人だったかもしれないと想像した瞬間、かれらは耐えられなくなるだろうとわかっていても、美化員たちがクラゲにスコップを振り下ろしたり、清掃車にクラゲを移したりの映像がニュースで流れると、私の顔は歪んだ。そういう心がクを傷つけていたことは否定できなかった。ごめん、と言ったが、クは私の謝罪も支えも受けいれずに、先を歩いて行った。

二日目、私はクラゲに変わっていくキム・ジソンさんを見つめながら物思いに沈んだ。キム・ジソンさんは、いつの時点でキム・ジソンさんじゃなくなるんだろう。人間からクラゲに変わる正確なタイミングはいつだろうか。顔が消える瞬間？　心臓が消える瞬間？　それとも脳みそ？クラゲになった人間に人間の痕跡を求めるのは、おろかなことなんだろうか？

今朝も、クと私は何事もなかったようにお互いに接した。そうやってやりすごすのはラクだと思っていたけど、いつまでそんなふうにできるだろうか。私は、自分たちが隠していられる話はどこまでか、愛しあうためにどこまでお互いに耐えられるかが、いつも気になっていた。水温を確認した後で、キム・ジソンさんとの最後かもしれないやりとりを交わした。具合の悪いところはないですか？　水の中からかすかに、ええ、という答えが返ってきた。帰る前に、水槽の水面に睡眠薬の粉を振りかけた。キム・ジソンさんが何も考えずにぐっすり眠れるように、と祈る気持ちで。

翌日来てみると、キム・ジソンさんは完全にクラゲの形になっていた。居間のカーテンを引いてクラゲの光を確認しようとしたところで、暗闇からつぶやき声が聞こえた。水槽に耳を近づけてみると、本当に人の声だった。今、お客様がお話しされてるんですか？　質問すると、ええ、という返事が返ってきた。私の言葉、聞こえます？　ええ。私のこと、見えますか？　ええ。

見かけは明らかにクラゲなのに、流れてくるのはキム・ジソンさんの声だった。おまけに、カーテンを引いてしばらく待っても、クラゲは何の光も出さなかった。あたし、何か問題が起きたんでしょうか？　私の動揺を察したのか、キム・ジソンさんが不安げな声で言った。何でもないと安心させてから外に出て、マネージャーに電話をかけた。

たまに、変身に時間がかかる方がいるんですよ。マネージャーは何でもないことのように言った。順序が変わるケースを見るのは初めてなんです。見かけはクラゲなのに、思考能力は残っているし会話もできるんですよ。私の説明にマネージャーの声色が変わった。そういうケースが報告されたことはありませんね。確認して折り返します。

お客様、体調は大丈夫ですか？　アパートに戻って水槽に話しかけた。大丈夫です。水の中から返事が返ってきた。水温は大丈夫ですか？　キム・ジソンさんは、今度もやはり大丈夫だと言って続けた。あたし、光ってますか？　私は、まだ光っていないと伝えた。明日まで待たなきゃならないようです。

その日は、静かな居間で、とりあえずはクラゲ姿のキム・ジソンさんと午後を過ごした。光っていないという事実を除けば、外見は完璧なクラゲと言えた。退勤時刻までにマネージャーからの折り返しは来なかった。

マネージャーから連絡が入ったのは翌朝だった。出勤途中に電話が来た。あと一週間だけ待ってみましょう。まれにですが、変化がゆっくり進行するケースもあるそうです。マネージャーが言って、通話はさして得るものもなく終わった。初日に預かっていた鍵で玄関のドアを開けて入ると、キム・ジソンさんは待ってましたとばかりに私に訊いた。何か問題が起きたんでしょうか？　聞いていた話では、三日でクラゲになるってことだったんですが、見ての通り、中身はそのままなので。私は、変身にやや時間がかかるケースはあると、マネージャーからの受け売りでキム・ジソンさんをなだめた。最長で一週間かかるそうです。

だが、私としても手をこまねいてばかりはいられなかった。それから数日、私はキム・ジソンさんをクラゲにすべく、さまざまな試みを行った。触手の錠剤をさらに二つ飲ませて、バッハの「マタイ受難曲」を一緒に鑑賞して（研修を受けたとき、映像のＢＧＭに流れていた曲だった）、心を安定させるという四七八呼吸法（息を吸って四つ数え、息を止めて七つ数え、息を吐きながら八つ数えるという呼吸法。不眠や不安の解消に効果があるとされる）も実践してみた。

息を深く吸って、止めて、吐いて、を繰り返していたキム・ジソンさんの動きが、次第にゆっくりになってきた。変化が起きたのかと思って、お客様、と声をかけると、キム・ジソンさんがびくっとした。うっかり寝ちゃってました。キム・ジソンさんが言った。急に寝たらびっくりするじゃないですか……。すいません。いえ。謝ることじゃありません。私は気が抜けて水槽の脇に寝そべった。マネージャーの言っていた一週間が経っても、キム・ジソンさんは相変わらず私とやりとりできたし、光っていなかった。

キム・ジソンさんのそんな状況について話し合いができる人もまたいなかった。三年前に夫と離婚していたし、家族とは結婚前に絶縁した状態だった。私は一週間毎日出勤して、キム・ジソンさんがクラゲになるのだけを待った。今日は、冷蔵庫にあった最後の飲み物のグレープジュースを出して飲んだ。自分は、オレンジジュースよりグレープジュースが好きであるということを、初めて知った。

＊

一週間が過ぎて、マネージャーから訪問するとの連絡が入った。マネージャーは二人の職員と共に、昼食の時間にやって来た。職員たちが水槽に近づいてキム・ジソンさんに挨拶をし、水中からキム・ジソンさんが挨拶を返すと、戸惑ったようなまなざしを交わした。かれらは、この一週間私がチェックしていたキム・ジソンさんの状態を改めて確認した。変身が止まったようですね。しばらくして一人の職員が言った。

途中で亡くなって変身が止まったケースはあっても、キム・ジソンさんのようなかたちは初めてだとマネージャーは言った。内部の協議の結果、お客様にお選びいただけるパターンは三つです。マネージャーがキム・ジソンさんに告げた。このまま海に行かれるか、お望みであれば自殺のお手伝いをさせていただくか。その瞬間、私は水槽のキム・ジソンさんに目をやったが、彼女はさっきと同様、ゆらゆら浮いているだけだった。

最後にマネージャーは、会社の社屋にある水槽で暮らすことも可能だと言った。副作用の責任は本来顧客側にあるが、キム・ジソンさんについては、会社が最大限の誠意をもって取り計らうという。今すぐ選ばなきゃならないんでしょうか？　静かだったキム・ジソンさんが口を開いた。いいえ。会社に移動していただければ、お考えになる時間は十分に差し上げますよ。マネージャーが言った。あたし、自分の家を離れたくありません。キム・ジソンさんの言葉に沈黙が流れて、長い沈黙に耐えられなくなった私が口を挟んだ。もう少し様子を見て、私のほうから連絡をします。マネージャーは悩んだ末にそうしようと言った。

かれらがアパートを去る準備を終えたところで、私は一緒に玄関ドアを出て、マネージャーに訊いた。これまでのお給料はいただけないんでしょうか？　キム・ジソンさんがクラゲにならないせいで、一週間分の給料をもらえていない状態だった。マネージャーは特別手当を支給すると言った。

再び水槽に戻ってみると、雰囲気が重かった。気分転換もかねて、マネージャーが置いていった道具で水槽の水を交換することにした。濁《にご》った水を抜いて、きれいな海水を水槽の中に少しずつ送りこみながら私は言った。話を聞いて、驚かれましたよね。予想してましたから。キム・ジソンさんは意外と淡々としていた。一つだけ確かなのは、一生水槽暮らしはありえないってことなんです。自分も、その方法は初めから違うと思っていました。私はそう言った。

ふとキム・ジソンさんが、クラゲが光る姿を肉眼で見たことがあるかと訊いてきた。ないと答えると、キム・ジソンさんは、初めてクラゲを見た時の話を聞かせてくれた。クラゲ出現のニュースを聞いた最初の日、海辺を訪れたのだという。海岸には入れなくても、刺身屋の二階にいたから、海を見下ろせたんです。クラゲのせいで店じまいをすることになった刺身屋の主人が、クラゲを見に来たというキム・ジソンさんに蒸《ふ》かしたジャガイモを出してくれ、彼女はそれに塩をつけて食べながら日暮れを待った。

当時は、クラゲの光が人も誘引可能という事実がまだ知られる前だったが、刺身屋の主人は、クラゲの光が人も惑わすとキム・ジソンさんに注意した。それを聞いてキム・ジソンさんの胸はますます高鳴った。ついに日が暮れて、海はゆっくりと光り始めた。数百、数千匹のクラゲの群れが集まった海は、闇が深くなるほどに、電気が点いたみたいに明るく輝いた。

光が、現実には決して触れることができないくらい明るくて美しい光が、そこにあったんですよ。キム・ジソンさんは言った。ネットでは、クラゲの光を見ると、人間がゾンビみたいに飛びかかるようになるって言われてるじゃないですか。実際はまったくそうじゃなかったんです。あたしはあの日、ひたすら海を眺めてました。たった一度でも、あんなふうに明るく、美しく光ることができたら、人生に未練はないだろうなって。

話を聞いて、キム・ジソンさんがこの一週間、自分は光っているかとひっきりなしに訊いていたことに納得がいった。一緒に、もう少し待ってみましょう。きれいで透明になった水に浸ったジソンさんを見ながら、私はそう言った。返事をする代わりに、ジソンさんはゆっくりと水の中を漂っていた。

仕事から戻ると家はしんとしていた。クは今日仕事が休みだったが、サンダルがないところを見ると近くに出ているようだった。クの帰りを待ちながら、サングラスをして中庭を見た。夕方にサングラスをかけると、見えていたものも見えなくなった。中庭に置かれている甕《かめ》置台も、洗濯紐も、闇に包まれていた。サングラスをしたままで光っているクラゲを見ると、明るい光の代わりに、白っぽい形だけが見えた。

人はやっぱり臆病だ。ひょっとしたらクラゲに神、ゾンビ、世界滅亡みたいな意味なんてないのかもしれない。あれはただ、最善を尽くしてきらきら光っているだけなのかも。問題はクラゲではなくて、人間のほうなんだ。誰でも闇は怖いから、自分の闇にさえ耐えられない人たちが、光に近づこうとするのかもしれない。そんなことを思っている私だって、やはりサングラスを外してクラゲを見たことはなかった。その光によろめかない自信はなかった。

縁側に座って暗闇を覗き込んでいると、クが帰ってきた。私はサングラスをしたまま迎えた。夜の散歩をしてきた、とクが言った。最近、全然休んでないんじゃないか。クが私の横に腰を下ろしながら言った。変身に時間がかかってる人がいて。私が答えた。お疲れ、と言ってクが私の手をとった。オレ、今月から積立預金を始めるか、考え中でさ。

クって、最近しあわせ？　私はクを見て訊いた。クは質問に答える代わりに、ここでは明日が来るのが怖くない、と言った。今日の昼、居間の天井も修理しておいた。もう、雨が降っても雨漏りしないと思う。私はクの肩に頭を預けた。預けたまま、クの肩ってがっしりしてるんだ、と思い、ふいに、自分が天井の修理をまったく喜んでいないことに気がついた。この家に長くとどまることも可能だと考えると、むしろ心が沈んだ。サングラスをかけていて、クに私の表情が見えないことが幸いだった。はっきりしているのはね、ク、私は一度も、ソウルから、音楽から、離れたことはないんだよ。ここまで押し流されてきただけで。私は今でも明日が来るのが怖かった。それなのに、天井が直ってよかった、積立をしようと思うなんてすごい、とクに言った。クがちゃんと暮らしている感じがしてうれしい、とも言った。最後の言葉は本心だった。

*

会社からは、ヘルパーは顧客と距離を取らなければならないと言われていたが、それが毎回うまくいくわけではなかった。おまけに、これほど長い時間を一つの家にかかりきりになる場合は、ますます不可能だった。マネージャーの訪問から一週間が過ぎて、二度目の水の入れ替えをしてから、私は、お客様と呼びかける代わりに、ジソンさん、と呼ぶようになった。

最近、ジソンさんの状態が気がかりで、それは食事としてプランクトンを毎日あげているのに、ジソンさんの体がだんだんと小さくなっているからだった。広い海に行くべきクラゲが（ふと、最初の顧客のイ・ギョンスンさんは元気にやっているか気になった）、小さな水槽で長いあいだ過ごすというのは、無理があるらしかった。半月前に比べると、ジソンさんは動きも減ったし口数も少なくなった。

見込みは、ないんですよね？　ある日ジソンさんにそう訊かれたとき、簡単には返事ができなかった。マネージャーからは、ジソンさんが心の整理をつけられるよう、そばで手伝いをするようにと言われていたが、光が出ることを願うジソンさんの切実な気持ちがなんだかわかる気がして、私はこの一週間、待ってみようという言葉ばかりを繰り返していた。でも、今日に限ってその言葉は口にしづらかった。

考えてみたんですけど、と、ジソンさんが続けた。あたしはクラゲにならないように、自分でも知らないうちに踏ん張っている気がするんですよ。一番自信があるのが、踏ん張ることなんです。結婚生活も二十年以上踏ん張ったし、人が一か月もすれば辞めちゃう仕事でも、最後まで続けましたし。私は、ジソンさんの話を聞きながら考えをめぐらして質問した。ジソンさんが人でいようと踏ん張ったのなら、踏ん張った理由があるんじゃないですか。するとジソンさんも物思いにふけり、しばらくして、まさか、と洩らした。もじもじとジソンさんが切り出したのは、会いたい人がいるという話だった。一年前から、好きな人がいるんです。クラゲになる前も、なってからも、ずっと会いたくて。

その日、仕事帰りにマネージャーから連絡が入った。ここ何日か毎日のように来ていた連絡で、そのたびに私は、もう少し待ってほしいと頼んでいた。今日も同じやりとりをした末にマネージャーが言った。ずっとそうしていたら、ヘルパーさんばかりがきつくなりますよ。

的外れな言葉ではなかった。私は、今月の生活費を払うのは難しそうだとクに打ち明けた。会社から支給された特別手当は、とてつもなく少ない金額だった。平気だよ、オレが出せるし。クが言った。まだ、あの人なのか？　うん、変身中に問題が起きて。会社ではどう言ってるんだ？　そのまま海に送るか、自殺を手伝おうって。そうすべきだな。口で言うほど簡単なことじゃないもん。じゃあ、オマエが一生責任とるのか？　とっくに半月分の給料だってもらえてないだろ。クは少し言いよどんでから続けた。ずっとこういう暮らしをしてたら、音楽をやめた意味がないだろ。そう言うと、外へ出て行ってしまった。

煙草《たばこ》を吸いに行ったのだろうと思っていたが、クが戻ったのはすっかり夜中だった。海岸に行ったわけでもないだろうに、クの隣に寝ているとクラゲ臭がした。今日に限ってその臭いに胸がむかむかして、私はむかむかする胸を抱いたまま、じっと横になっていた。クが音楽をやめたことが信じられなかった。私は一度もやめたことがないのに、クはいつやめたんだろう。私は、私たちが元に戻ることを望んでいたのに、クはいつから、新しい未来を描いていたんだろう。クと私が毎日一緒にいながら何も共有していない関係になったのは、いつからだったんだろう。

翌日、私はジソンさんの家に出勤する代わりに、ジソンさんの家の近くのおかゆ屋さんに向かった。テーブルが三つだけの小さな店だった。朝食として野菜がゆを食べて、お客さんが途切れたタイミングで、レジにいる店長に、ジソンさんを知っているかと声をかけた。

キム・ジソン、と言っても通じなかったが、毎日夕方に立ち寄っておかゆを食べていた女性、と言うと店長はすぐにピンときた。その方、半月前から見ませんけど、何かあったんですか？

それがですね、ジソンさんは今、クラゲになっているんです。極力さりげなく返事をしたつもりだが、店長は驚いて言葉を失っていた。

慌てて、キム・ジソンさんは生きていると付け加えた。キム・ジソンさんは今、おうちにいらっしゃいます。クラゲの状態で家にいるんですか？　はい。見た目がクラゲなだけで、他はキム・ジソンさんのままです。店長は、私の言っていることが理解できていない顔つきだったが、ひるまず続けた。そのキム・ジソンさんが、店長さんに会いたがってまして。僕にですか？　はい。なぜでしょうか？　店長は、思いがけない招待に驚いたようだった。私は少し考えてから、最後なので、と答えた。店長はしばらく考えこんだ末に、行くと答えた。その方と、たった一度だけ、ここで夕食をご一緒したことがあるんです。いい方だったのに、やりきれないですね。

その日の午後、ジソンさんに、おかゆ屋の店長が水曜日に来ることを伝えた。その日は、おかゆやさん、定休日なんですよ。ジソンさんが言った。水曜日は二日後だった。つまりジソンさんと私は、できる限りのことをやってみることにしたのだ。ジソンさんが光れないのがその人への未練のせいなら、未練をなくすために、相手と向き合うべきだった。

何より、最近になって私の気持ちに焦りが出ていた。ジソンさんの体はもうすっかり小さくなって、水槽が広く見えるほどだった。どこか痛くないですか？　尋ねるとジソンさんは、元気がないだけ、と答えた。私は水槽に寄りかかった。ヒーターが入っている水槽はあたたかかった。おかゆは、食べました？　はい。おいしかったです。ジソンさんは少し間を置いてから続けた。あの人は、どうでした？　いい方っぽかったですよ。勘の悪い人なんです。ジソンさんはそう言った後で付け加えた。だから、幸いでした。

わざと近所をぶらついてから家に帰ると、クは寝ていた。今朝クは、いつものようにやり過ごす代わりに昨夜のことを謝ってきた。にもかかわらず、私たちの関係はもう前と同じではなくて、それは、私たちがお互いを理解できなくなったことに変わりはなかったからだった。クには私がジソンさんに会いに行くことが相変わらず理解できなかったし、私は、今の生活を持続させたいというクの気持ちが理解できなかった。

眠っているクの隣に横になって、クを好きになった瞬間を思い出そうとした。しばらく考えたけれど出てこなかった。代わりにたくさんの場面が浮かんできた。ギターを調律しているク、たらいに落ちる雨水を不思議そうに眺めるク、緊張するとうなじを掻《か》くク。記憶の中のクは、本当にきらきら光っていた。

ジソンさんがおかゆ屋の店長を好きになったのは、どの瞬間だったんだろう。最初におかゆ屋さんの入り口を開けた瞬間だろうか。たった一度の食事の席だろうか。じっくり考えるうちにわかるような気がしてきた。丸いお皿からすくいあげる最後の一匙《ひとさじ》まで冷めずにいる、あたたかいおかゆ。おかゆ屋の店長は、そんなあたたかさを持った人だったし、ジソンさんは、光のようなそのあたたかさを一発で理解したんだろう。それでもジソンさんが諦めざるを得なかった理由は、店長の四番目の指にはめられていた指輪を見ればわかることだった。

＊

間違いなく雨が降っていた水曜の朝、古いアパートのチャイムが鳴った。かなりの降りだったのか、おかゆ屋の店長の左肩が雨で濡れていた。私は彼を居間に案内すると、あらかじめ用意していたあたたかいお茶を出した。ソファーを勧めたが、店長は丁重に断って水槽の横に近づき、床に腰を下ろした。

お好きだったおかゆを持ってきたんですが、召し上がれるかどうかわからなくて。店長がジソンさんに言った。お気持ちだけでもうれしいです。ジソンさんが答えた。前から、お礼をお伝えしたかったんです。なぜかというと、と、ジソンさんはためらいがちに言った。おかゆが、とてもおいしかったので。また人間に戻ることは難しいんでしょうか？　店長が訊いた。ええ、たぶん。あたしたち、ただ気楽におしゃべりしましょう。ジソンさんが言った。何の話をしましょうね。食堂で、一緒にごはんを食べた日のこと、覚えてますか？　もちろんです。私は、かれらが会話できるように席を外した。しばらく近所をうろついて戻ってきた時、かれらは話しながら笑っていた。

僕、そろそろ失礼しますね。ずっとこちらにいらっしゃるんなら、またお邪魔します。店長が立ち上がりながら言った。ありがとうございます。でも、あたしは来週、海に発《た》つんです。ジソンさんが答えた。店長は去り際に、ジソンさんの水槽の前に立って短い祈りを捧げた。海で、どうか自由に、安全に過ごされますように、という言葉も添えた。

店長が帰ってから、本当に海に行くつもりなのかとジソンさんに訊いた。いいえ。ジソンさんが答えた。だったら、来週も来てって言えばよかったのに。私が洩らすと、ジソンさんはこれで十分と答えた。そしておずおずと付け加えた。あの人は、これから海を見たら、あたしのことを考えるんじゃないかしら。私は、間違いなくそうだと思うと答えた。店長が帰った家でカーテンを引き、ジソンさんと私は光を待った。心の中で、バンドのファーストアルバムの収録曲を全部完唱しても、ジソンさんは依然として光らなかった。光っていません。私が言った。ええ。ジソンさんが返事をよこした。

実は、ジソンさんが光らないだろうことは予想がついていた。おかゆ屋の店長が入ってきて家の中の空気が変わった瞬間、私は、自分が考え違いをしていたことに気づいた。店長と会って、ジソンさんは未練を捨てる代わりに、彼を愛し続けることを選択したのだ。誰かを愛するジソンさんはあまりに人間的で、慎重かと思えば図々しくなり、そうかと思うと吹き出したりしている様子はどんな時よりもジソンさんで、だから私は、ジソンさんが永遠に、クラゲではなくジソンさんであり続けるだろうと推測していた。同時に、この仕事をこれ以上できない気がした。

明日は雨があがるでしょうか。静かだったジソンさんが言った。窓に打ち付ける雨音だけが寂寞を満たしていた。はい。明日は晴れると思います。私は答えた。明日の天気は知らなかったが、何でもいいからいい言葉をかけてあげたかった。

翌朝目覚めた時、幸い雨はやんでいた。今日はいい天気ですね。ジソンさんがつぶやいた。本当にそうだと私があいづちを打つと、ジソンさんは、自分を水の外に出してもらえないかと言った。天気の話をしている時と同じ調子だったから、私はあやうく、そうしようと答えるところだった。急にどうしてそんなことを考えたんですか。昨日の面会のせいですか？　驚いて質問した。違うんです、最期は水槽の中じゃないほうがと思って。自分の体が、もう踏ん張れないのがわかるんです。ジソンさんが言った。

契約上、顧客とのいかなる接触も禁止されていたし、私がジソンさんを水の外に出すのは明らかな殺人だった。でも、と思いながら、私は水槽の底に力なく沈んでいるジソンさんを眺めた。気が変わったら、いつでも言ってください。長く迷った末に私は言った。そうします。ジソンさんは、日当たりのいい場所に自分を置いてくれと言った。私は保護手袋をはめて慎重にジソンさんを水の外に出すと、フローリングに置いた座布団の上に運んだ。

陽の光が、居間の大きなガラス窓を通過してジソンさんの体に当たった。お日様の光があたたかくて、気持ちいいです。ジソンさんが言った。陽の光がジソンさんの体を次第に溶かしていくのが見えた。乾いたタオルで座布団の周りに溜まった水を拭いていて、私はふと、気がついた。

ジソンさん、泣いてるんだ。

体が、だるくなってきて。

寝ちゃいそうです。

ジソンさんはそう言った。ありがとうとか、ごめんなさいとか言う代わりに、私たちは長いあいだ陽の光の下《もと》に座っていたが、それで十分だった。時間が経って日が傾き、暗くなりはじめた頃だった。静かだったジソンさんが、感嘆するような声を上げた。光ってます。

その言葉でジソンさんに目を向けたが、ジソンさんはそのままだった。ジソンさん。私は、この三週間で百回以上は呼んだはずのその名前を、もう一度呼んでみた。返事が返ってこないのは初めてだった。私は目をつむって、ジソンさんに最期の挨拶を伝えた。座布団の周りの水気を拭き取って、水槽の水を抜いた。片付けが終わると、居間のソファーに腰を下ろした。二人掛けの革のソファーは、ジソンさんがいつも右側に座っていたのか、左側より右側の革のほうが柔らかかった。

右側に座りながらマネージャーに電話をした。キム・ジソンさんが今日、亡くなりました。詳しい内容を訊かれると思ったのに、マネージャーは技師をよこすと言うだけで、何も質問してこなかった。ジソンさんはどこに行くことになるのかと尋ねると、他のケースと同じように海へ運ぶという答えだった。ジソンさんが海に行くことになって、本当によかったと思った。電話の最後に、仕事を辞めると伝えた。マネージャーは今度も詳しい理由を訊いてこなかった。電話が終わると、すぐに口座に三百万ウォンが振り込まれた。

退職金なのか口止め料なのかわからないその金額を覗き込んでから顔を上げ、家の中を見回した。この家には、ジソンさんが踏ん張ってきた時間が、水槽の中の水のように溜まっている気がして、私は踏ん張る人生について考えてみた。すると、心が深く、暗くなってきたのでまた目をつむって、ジソンさんが見たはずの光のことを考えた。ジソンさんが見た光は、どこから現れた光だったんだろう。その光は、ジソンさんがだいぶ前に海辺で見たのと同じように、明るくて美しかったただろうか。

私は携帯を出して、今度はクに電話をかけた。ク。私はクの名前を呼んでみた。うん。クの返事がして、私は黙り込んだ。沈黙に電話が切れそうになった瞬間、私はまた、ク、と呼んだ。私ね、また歌おうと思って。今日、ソウルに戻る。今度はクが沈黙した。私は携帯をぎゅっと握った。しばらくするとクが言った。そうしろ。その言葉を最後に電話は切れた。私は空っぽの水槽を眺めながら、これからのことを考えた。私は今夜、クの元を去って深夜バスに乗るんだ。また歌を歌って、またダメになったり、ならなかったりするんだ。だけど海岸から遠ざかるまでは、ジソンさんが見た光、たった一度の光のことだけを考えるんだ。

夏は水の光みたいに

여름은 물빛처럼

憂鬱《ゆううつ》そうなマンゴーを買って帰った、夕暮れ時だった。仕事帰りに横断歩道の信号が変わるのを待っていたのだが、うんざりするくらい変わらなくて、目の前の果物売りのトラックでも見物しようとしたところ、そのトラックはリンゴや梨やナツメではなくマンゴーを売っていることに気がついた。

普段から、リンゴは何も考えてなさそう、ナツメは気難しそうという理由であまり好きではなかった。だが、マンゴーにはなんとなく考えこんでいるような佇《たたず》まいがあって、考えている中身のせいかもしれないが、少なからず物憂《ものう》げに見えた。私は一目でマンゴーが気に入った。中でも一番礼儀正しそうなやつを二つ選んで家に到着すると、知らない男が家の中にいた。

＊

十九歳の時に経験した出来事以来、私は、世の中ではどんなことも起こりうると考えるようになった。ワンルームマンションへの侵入者も、予想できないことではなかった。そのまま玄関ドアを閉めて警察に通報しようとすると、男が叫んだ。助けてくれ。思わず男を見た。後ろ向きに立っている男は、手で顔を覆いながら私のほうを振り返っていた。

どちらさまですか。私が尋ねると、ここはソニョンの家ではないのかと男が訊いてきた。ソニョン？　少し考えて、ああ、と声が洩《も》れた。この人はおそらく、ソニョンオンニの彼氏なんだろう。ソニョンオンニは、今住んでいるワンルームマンションの前の借家人だった。この部屋を見に来た日、私はその場で契約を決めて、いつから入居できるかと仲介業者に尋ねた。半月は待たなければならないと言われて、半月もですか、という言葉が出た。その質問ともいえない質問に、ひょっとして、それまでいられる場所がないのかと訊いてくれたのが、仲介業者ではなくソニョンオンニだった。そうだと返事をすると、じゃあ一緒に住まないかとオンニは言った。

初対面の人と一緒に、それもワンルームで暮らして大丈夫だろうかと気を揉《も》んだが、杞憂《きゆう》だった。ソニョンオンニは仕事が忙しくて、ほとんど家にいなかった。おかげで一人で部屋を使っているような感じだった。とはいえ、だらだらした週末の午後を二度ほどと夜を何度かは一緒に過ごして、そのどこかで、同棲していた彼氏が軍隊に行っていると教えられた。ちらっとそんな話が出ただけだったから忘れていた。

ソニョンオンニの彼氏さんですか？　男は相変わらず後ろ向きのまま、そうだと言った。オンニは、一か月前に家の契約が終わって、出て行きましたよ。どうりで、いくらソニョンの好みが変わったとしても、これはちょっとないって思ったんですよね。その言葉を聞くなり、それでなくても不愉快だった気分がますます傷ついて、私は男にもう出て行ってくれと言った。僕だって、本当にそうしたいんですよ、と、男が口ごもった。体が動かないんです。

ふざけてないで出て行ってください。最初のうちは笑いながら伝えた。私、今本当に疲れてるんですってば。最後のほうは怒って見せた。そして、結局堪忍袋の緒が切れて男の手首を取った瞬間、びっくり仰天した。男の手首は石膏像《せっこうぞう》のように硬かった。骨や筋肉の固さとは完全に違う、冷たいカメの甲羅《こうら》を触るような感じだった。予想外の感触に、私はずっと手首を撫《な》でまわしてしまい、やがて男が、もう触らないでほしいと控え目に言った。

一つだけ、確認してもらっていいですか。今、僕の足ってどんな感じでしょうか？　男に言われて目線を下ろした私は、身の毛もよだつ光景を目にすることになった。男の二本の足から、生まれて初めて見る太くて長いものが飛び出していて、それはフロアシートに食い込んでいた。救急車、呼びましょう。床に足が……突き刺さっちゃったみたいですよ。携帯に打っていた一一二（韓国の警察への緊急通報番号）を消して、一一九（韓国の消防、救急への緊急通報番号）と押しながら言った。すると男は、ちょっと待ってください、と私を止めた。自分にどんなことが起きているか、わかる気がするんです。どんなことが起きたんですか。どうやら、僕は木になったみたいです。男が私を見つめて言った。私も男を見つめた。私たちは互いに、見つめ合った。

実は僕、一週間前に軍隊にいて、手紙で、別れを告げられたんです。静寂を破って男が口を開いた。別れたのに、家に入ったんですか？　ここはもともと僕の家なんですよ。保証金も半分ずつ出しました。私は口をつぐみ、男は話を続けた。最後にソニョンと会いたくて、ソニョンが来るまでここから出ないでいよう、っていうか、本当に根を下ろしちゃおう、そう心の中で思ってたんですが、本当に、根が出てしまったんです。ここってもう、私の家なんですけど。話の途中で私は口を挟んだ。だから僕も元通りになりたいんですけど、それが上手くいかないんですよ。男が言った。

もう一度男の足を見た。言われてみれば木の根っこと形状が似ていた。掘り起こすっていうのはどうですか？　一番細い根っこにそっと手で触れてみた。痛いっ！　触らないでください！　男が叫んだ。痛いのは一瞬だと思いますけどね。他人事だと思って、ちょっとあんまりな言い方じゃないですか。一一九も呼ばないっていうなら、お宅の家に植え替えでもするしかないでしょ。すると男は、家はないと言った。昨日除隊したばかりだし、半分の保証金の額で手に入る家なんて、あると思いますか。じゃあどうするつもりなんです？　もどかしくなって私は訊いた。ソニョンを呼んでもらったらダメでしょうか？　ソニョンに会ったら、動けるようになると思うんです。

物憂げなマンゴーを食べて安らかに眠りにつく予定だったのに、どういうわけかソニョンオンニに五回目の電話をかけていた。オンニは出なかった。ひょっとしたら私の番号を削除したのかもしれない。今度も無言で電話を切ると、男がすぐに焦った表情でこう言った。僕、ちょっと考えてみたんですけど。ソニョンと連絡がとれるまで、当分のあいだだけ、ここにいさせてもらうのはダメでしょうか？　もちろんダメですよ。私は答えた。

お願いします、僕は今、窓のほうを向いていますから室内の様子も見えませんし。男が言った。ワンルームで、どうやって一緒にいるっていうんですか。私は布団の上に放り出したままの携帯を再び取り上げた。今度は本当に一一九にかけるつもりだった。すると男が懇願し始めた。お願いです。助けてください。一瞬、少し動揺したのだが、それは男が泣いていたからだった。ティッシュで涙を拭いてやろうと思った。だが、男の涙は一般的な涙とは違って松脂《まつやに》のようにべとべとしており、あたたかいおしぼりを用意して拭いてやらなければいけなかった。あいにく私は、悲しみに暮れる人に弱かった。

十九歳の時に起きた出来事とは、私が地球で唯一愛する人間のスジンが死んだことだった。スジンは口数が少なかったが、うっかり洩らす一言がそのたびごとに全部美しかった。部屋でひとり噛みしめているとだんだんにつらくなってくる、美しい言葉。私は、スジンの繊細さと危うさ、低い声を愛していたし、自分自身よりもスジンを愛していたのに。

二年前だった。それは、ずっと前の出来事のようでありながら、目をつむればつい昨日の出来事みたいにも感じられた。誰かを守るような状況は作りたくなかったのに、そうなのに、やはり世の中ではどんなことも起きるものなのだ。私は、木になってしまった男を眺めながらスジンを思った。持続し、蓄積する悲しみについて思った。いや、実は何も思っていなかった。

立ってるのって、疲れません？　私が訊いた。男は平気だと答えた。お腹も減らないし、トイレに行く必要もないと。ただ喉が渇くと言った。私はコップに水を入れて男の口に当ててやった。口の中にゆっくり注いでも、水はすぐに外に流れ出てしまった。これ、ダメな気がします……。じゃあどうやって？

男に頼まれたとおり、水をゆっくりと足元へ注いでやった。やっと生き返りましたよ。男が、リラックスしたように目を閉じて言った。見ていて気持ちのいい姿ではなかったが、しばらくのあいだ男を受け入れることにした。ソニョンオンニが私を受け入れてくれた半月を思いながら。

その晩見た夢は忙しかった。家の中に、見知らぬ人を果てしなく招待する夢だ。目を覚ますと部屋には招かざる客だか木だかが立っていて、夢と現実ではどちらがよりひどいだろうと思ったが、考えないことにした。またソニョンオンニに電話をかけた。今度も出なかった。浴室で服を着替えるから、新しく買ったTシャツがじっとりした（韓国では浴槽がなく、シャワー設備とトイレが浴室にひとまとめになっていることが多い）。出かける前にカーテンを開けておいた。男の足元に明るい陽の光が降り注いだ。私、仕事にいってきますね。私が言った。いってらっしゃい。男が挨拶をよこした。

＊

出勤した先は、地下にある小さな独立系映画館だ。シアターは一つ。座席は五十九席。それだって、満席になったことは一度もなかった。コロナ禍以降は観客がさらに減って、一日五本上映していた映画を三本に減らした。三本の映画が上映されているあいだ、私はチケット売り場兼売店兼案内デスクの小さな机に座っている。地下の劇場は暗くて、四季のどの季節もひんやりしている。分厚いドア越しに流れてくる映画の音声、浮遊する埃《ほこり》、安っぽい芳香剤のにおいが、私は好きだ。

そして、銀色の金属製ベンチ。自分の席に座ると、見えるのは壁に沿って置かれた長いベンチだ。観客は、映画の上映時間になるのを待ちながらそこに座っていて、その様子を見ると、止まり木で羽を休める鳩《はと》が頭に浮かんだ。かれらは一列に座って、地下の劇場の肌寒さに身をちぢませたり、うとうとしたり、静かな声でつぶやいたりして、時が来ればシアターの中へ飛んでいった。しばらくすると、新しい群れが止まり木に飛んで来た。

わかるだろうが、ここで私はさしてすることがない。だから、人を鳩だと思う以外にもいろいろなことを考えていた。家で木になっている男、劇場の倉庫で発育中のきのこ、まったく同じ形で弾けるポップコーンは存在するだろうかという疑問、そしてスジン。

スジン。

スジン。

スジンを思うことは悲しくもつらくもなかった。それは鳩が、時が来れば飛んできてやがて飛び立っていくように自然なことだった。はじめのうちは、ごはんを食べていても、靴を履いていても、スジンに話したいことが浮かんできて耐えられなかった。そのたびに携帯を耳に当てた。人は私を、やさしい恋人、友人、あるいは嫌な相手と電話しているのだと思いこんでいた。

電話が鳴った。ソニョンオンニだった。どうしたの？　不在着信がメチャクチャいっぱい入ってたけど。私は、家にオンニの元カレが来ていると話した。オンニに会うまでは動けないって言ってるんですよ。じゃあ、動くなって言ってやんな。私は、そうじゃなくて、と、少し迷いながら言った。本当に、木になっちゃったんです。

そうだとしても、あたしは行けないな。ソニョンオンニが言った。今、お寺に来てんの。お寺ですか？　うん、研修受けてんの。電話を切った後で、ソニョンオンニからメッセージが一通入った。

――マジで木になってるんなら、切り倒しちゃえ。

私は、オンニが受けているのがどんな研修か知りたくなった。

仕事を終えて家に帰ると、男は相変わらず私の部屋で気をつけの姿勢をしていた。ぎこちない挨拶を交わしてから、私はコンビニで買ってきた弁当のうち二つを冷蔵庫に入れ、一つを電子レンジであたためた。男は弁当を断った。木になってから、空腹がまったく感じられないと言った。ソニョンオンニと連絡がつきましたよ。弁当をあたためているあいだに言った。会いに来るって？　いえ。今、お寺に行ってて、出られないそうです。ソニョンがお坊さんになったってことですか？　それはないと思いますね。私は、ソニョンオンニのメッセージを頭に浮かべながら言った。僕が木になったことは話したんですか？　ええ。それでも、来ないって？　ええ。

弁当があたたまった。私は男の隣に小さなテーブルを広げて座り、食べ始めた。ソニョンは、あいつは、そういう血も涙もないヤツなんですよ。おたくと一緒に住んだのだって、自分が半月分の部屋代を出したくなかったからです。気づきませんでしたか？　言われてみれば、確かに家賃は私が出していた。どうりで過剰にやさしかったわけだ。私はご飯を嚙みながら思った。

私が特に反応しないでいると、男はおどおどした調子で、どうにかして動くつもりだから、数日だけ時間をくれと言った。今日一日、どうしたら動けるかについても考えてみたという。解決策は見つかりましたか？　私は訊いた。ソニョンのことを忘れれば、動けると思うんですよね。男が答えた。それだけ？　ええ。私は黙々と弁当を口に運んで、すっかり食べ終わった頃に、マンゴーを忘れていたことに気がついた。黒いビニール袋からマンゴーを一つ取り出した。それ、何ですか？　男が横目で見ながら訊いた。マンゴーです。

　男が興味を見せたので、私は彼が見やすいよう、立ってマンゴーを切った。追熟《ついじゅく》が進んで、昨日よりさらに物憂げなマンゴーを半分に切ると種が出てきた。ところがその種は、何かの間違いじゃないかと思うくらいにあまりにも大きくて、ようやく私は、マンゴーの物憂げな様子に納得がいった。これだけ奇怪な種を抱えていたら、どうしたって憂鬱にならざるを得ないだろう。

　いずれにしても、マンゴーの果肉はとても甘かった。食べながらまた頭を巡らせて、この部屋が憂鬱なマンゴーでいっぱいになるのも悪くないと思った。それにはマンゴーの種を植えなければならないが、すぐにするのは面倒だったから、私は種をシンクに置いておいた。男が喉が渇いたと言うので、水をコップ一杯汲んだ。それをゆっくり足元にかけながら、私たちは互いに名乗り合った。男は名前をサンと言った。

　マンゴーを食べながら、私はサンに一週間あげると言った。一週間経ったら一一九を呼びます。一週間あれば十分ですよ。サンがぐっとリラックスした声で答えた。一週間あれば忘れられるような人のせいで、こうなったんですか？　そうじゃなくて、一週間以内にソニョンが来るはずですから。オンニはお寺にいるんですってば。僕の知ってるソニョンなら、明日あたり連絡をよこすでしょう。

オウムのような話し方をするサンを見つめた。体が固まって、頭も固くなっちゃったんだろうか。だが、寝床に横になった時、私は、植物もまた苦痛を感じることを思い出した。

早朝、腕が痒《かゆ》くて目を覚ました私は、枕元にすっくと立っているサンに驚いて眠気が吹き飛んだ。寝ぼけてお化けかと思いました。あながち間違いでもないとサンが言った。僕だって、自分は生きてるんだろうかって疑ってたところです。その状態で眠れるんですか？　睡眠ではないですけど、似たような感じのことをしてますね。

二度寝を諦めてそのまま横になっていた。立ってばかりいて退屈しません？　私が訊いた。平気です。待つのは得意なんです。サンが返した。ところで、何の仕事をしてるんですか？　映画館に勤めてます。そこで、どんなことをするんですか？　そちらが今していることと似てますね。

正午を回ると、部屋にはクラクラするくらい強い陽ざしが差し込むって、知ってました？　サンが訊いてきた。言ってくれればよかったのに。今日はカーテンを閉めて出かけますから。それはやめてください。陽ざしが通り過ぎるのを待ってると、何かしている感じがして、気持ちがいいんです。サンの話を聞きながら痒いところを探ると、蚊《か》に刺されていた。

部屋に蚊がいると告げると、サンは知っていたという。今、僕のふくらはぎにとまってますよ。私は慎重に起き上がって電気を点けた。本当に、サンの左ふくらはぎに蚊がいた。素早く手のひらを打ち付けたが、蚊はサンの反対側の太ももに飛んで、私は太ももにも手を振り下ろした。捕まりました？　いいえ。

それでも、ふくらはぎをぶたれるとシャンとしますね。そうですか？　そしたら体が少し動きそうですか？　いや。私は起きたついでにカーテンを開けた。向かいの塀に反射して、淡い光が部屋の中に差し込んだ。出勤の時間が来るまで、私は寝転がってサンと一緒に日光浴をして、蚊に刺されたところを掻《か》いて、残りのマンゴー一つを朝食に食べ、出かける前には昔使っていた携帯を取り出して、ラジオをつけてやった。サンへの水やりも忘れなかった。

＊

長い映画が上映されているあいだ、こっそり短い散歩に出かけることもある。映画館から歩いて十分ほどの距離に、静かで小さな水路があった。浅くて狭いから冬場はよく凍りつくし、乾燥する季節はしょっちゅう干上がった。だが、夏は水かさが増す季節。一つの季節だけは、水がずっときらめきながら流れていく。

私は、かがみこんでせせらぎを覗き込んだり、スジンがプレゼントしてくれたＭＰ３プレーヤーで曲を聞いたりする。去年は機械が故障して、龍山《ヨンサン》電子商店街で修理を頼みもした。店主はＭＰ３プレーヤーを分解しながら、もうじきこの建物も取り壊しになると教えてくれた。私は水の流れに目をやった。今は、水面《みなも》の光がきれいという以外、何も考えたくないのに、

スジン、悪いけど、今流れてるこの歌は、私の趣味じゃないな。つぶやいてしまう。あとね、スジン、今はもう、悲しみが人をしばしば滑稽《こっけい》に見せてしまうことを、わかってるよ。かつては、

スジンがキッチンバサミで髪を切って現れた理由、五時間以上散歩をしていた理由、一番大切にしていたMP3プレーヤーを私にプレゼントしてくれた理由に、気づけなかった。

映画館へ戻る途中でコンビニに寄って、アイスクリームを買って食べた。コンビニの前に青い縞《しま》模様のパラソルが二つ、広げられていた。そのうちの一つのテーブルに小学生らしき子ども二人が陣取り、何かを夢中で見ていた。近づくと、イモムシがテーブルの上で糞《ふん》をしていた。糞をして、しばらく這いまわって、また糞をするという繰り返しだった。だから、テーブルの上にはイモムシの糞がモールス信号みたいに残った。ひょっとしたら、そのイモムシは糞で人に話しかけているのかもしれない。残念ながら私はモールス信号を解読できなかったし、子どもたちに聞いてもやはり知らなかった。虚《むな》しくなったのか、イモムシは糞をするのをやめてしまった。同時に私たちも興味を失って、お互い挨拶もせずにそれぞれの道を進んだ。

サボった帰り道は、いつも悪い想像が浮かぶ。このかん誰かがレジからお金を持ち去ったとか、映画館がメチャクチャになっているとか、ごくたまにしか顔を出さない劇場オーナーが私を待っている、ふうのこと。しかし、映画館はいつもどおり無事で、私はがっかりしながら席に腰を下ろした。ちょっと出かけただけで額《ひたい》に汗が流れた。手の甲《こう》でぬぐいながら、私はソニョンオンニに、サンを切り倒せなかったので会いに来てほしいとメッセージを送った。

どちらさまですか。玄関ドアを開けるとすぐにサンが言った。ここ、私の家なんですけど。私が言った。ソニョンは？　いません。ちょうどそのタイミングでラジオのDJが手を叩いて大笑いをしたために、私は靴を脱ぐなり、まずはラジオを消さなくてはならなかった。

　ラジオ、うるさくありませんでした？　うるさいなんてもんじゃありませんよ。一時間で後悔しました。そう言いながらも、サンは自分が聴いた話題を次から次へと披露した。私はコンビニの弁当を食べているあいだじゅう、顔も知らない人たちのエピソードを聞かされる羽目になった。ある人は、マンションの階段に座ってお酒を飲むのが趣味なんだそうです。またある人は、青陽《チョンヤン》唐辛子《コチュ》（青唐辛子の中でも群を抜いて辛いとされる青陽産のもの）をカバンにしのばせて歩いてるんです。ある人はトイレでプロポーズをされたって話です。ある人は、ある人は……。

　人って自分の話をしたがるんだな。私には、そんな気持ちがどういうものか、いまだによくわからない。スジンがいなくなった時は、誰とも話したくなかった。真夏なのに布団をかぶって寝ていた。心の中で、しじゅうしんしんと雪が降っていた。すべてが凍り付いて氷に覆われるまで、ずっと。ある種の気象は、落ち着くまでにいくつもの季節をまたぐことがある。

　僕の話、聞いてます？　サンが言った。私はだまってサンの顔を見つめた。何で、いつもコンビニ弁当ばかり食べてるんですか？　楽だからです。おいしいし。するとサンは、毎日料理を作る楽しさにハマった人の話をまた始めた……。そのあいだに私は太ももを蚊に刺され、今度もやはり捕まえそこなった。

　冷たいシャワーを浴びて戻ると、エアコンを切ってもらえないかとサンが言った。私が暑いだろうと思って、しばらく言い出せなかったという。改めて見ると、よりによってサンはエアコンの風を全身で受ける位置に立っていた。あんまり遠慮しないでください。扇風機の風で髪を乾かしながら私が言った。本当にここに置いてくれるって、思ってなかったんですよね。サンが言った。でしょうね。私は心の中で返事をした。二十歳になるなり家を出たことも、地下の映画館に勤めたことも、水路を訪ねていることも、木になった人間を家に置くことも、どれも自分が下した選択だとは思えなかった。たまに、私に代わって不安が人生を生きてくれている気さえした。髪をブラッシングしながら、あまりありがたがらないでください、六日経ったら本当に掘り起こしますから、と口にした。

でも少しすると、サンはものすごく遠慮するべきだし、ものすごくありがたがるべきだと思った。エアコンのないワンルームは、狭い蒸し風呂と変わらなかった。扇風機の風量を中から強に切り替えようとして、うっかり隣のサンの根っこに触れてしまった。ごめん、と謝って根っこを覗き込んだ。心なしか、昨日よりさらに育った気がした。根っこ、育つ、生長点、心の中でつぶやいているうちに、シンクに置きっぱなしにしていたマンゴーの種を思い出した。私はアパートの前の花壇に行き、保存容器に土をつめて戻ってきた。部屋でマンゴーの種を植えているとサンが、ぐんぐん伸びろよ、と励ましの言葉をかけた。

それにしても、本当にサンの根っこも成長してるんだろうか？　電気を消して横になってから、ふと心配になった。そうだとしたらどうなるだろう？　いずれアパートの地下室も、いや、アパート全体が、サンの根っこに覆われるのかもしれなかった。サンがアパートそのものになってしまえば、私は家賃を払わずにここで暮らせるだろう。そんなことを考えているうちに眠りこんでいた。

目覚めた時、部屋の中になじみのない香りがしていた。よく考えると、どこかでかいだことのある香りだった。どこかから山《サン》のにおいがしてますね。私が言った。僕からにおいます？　サンが訊いてきた。いや、おたくじゃなくて、本物の山のほうです。昨夜マンゴーの種を植えた保存容器のにおいをかいでみた。土の香りはしたが、部屋の中にうっすら広がったにおいとは別物だった。ひょっとして、僕じゃないですかね？　サンが言った。そばに行ってにおいをかいでみると、本当に、サンから青々しいにおいがしていた。

本当に木と土のにおいがしてますよ。サンの顔を見て言おうとしたが、サンはゆうべ泣いたのか、顔にべとべとした涙の痕が残っていた。私はおしぼりを持ってきて拭いてやった。仕事に行かないんですか？　気まずいのかサンが言った。今日はお休みなんです。一週間に一度休むんですよ。私は答えた。

カーテンを開けて外を見た。部屋は一階だから、向かいに立っている白い塀以外は何も見えなかった。プライバシーを守るために建てられた塀だそうだが、そこにこっそりゴミを捨て、立小便をする人々がしょっちゅう現れて、プライバシーを侵害していた。ソニョンオンニが大家に文句を言うと、彼は塀に鏡を一つぶら下げた。赤い字で「良心の鏡」と書いてある、丸い鏡だった。あんなのが役に立つはずないじゃんね。ソニョンオンニは苛立《いらだ》たしげに言っていた。実際、鏡はさして役には立たなかった。

サンも、ソニョンオンニから鏡の話を聞いたことはあるだろうか？　知りたかったけれど訊かなかった。ソニョンオンニからはまだ返事がなかった。悩んだ末、もう一通メッセージを送った。

——部屋に、オンニが置いていったジーパンもありますよ。

そのタイミングで、サンが、あのう、と話しかけてきた。僕も、ラジオにお便りを出してみようと思って。景品で電気炊飯ジャーもくれるそうですし。それをもらったら、家でご飯を炊いて食事ができるじゃないですか。ジャーがあるからといって自炊をするわけではないが、私は、それはいい、と返した。

どんなお便りを送るんですか？　木になった話です。サンが真顔で言うので、私はただ、なるほど、と答えた。サンがエピソードを口述し、私がそれを携帯で打って、ラジオのお便りコーナーへ投稿することにした。サンは誠心誠意、自分が木になったエピソードを語った。失恋して、足から根っこが生えてきた話。食事をする代わりに光合成をしている話。夜は、夢を見る代わりにとてもゆっくり思考が流れていく話。中には私が初めて聞く話もあった。最後に、体を動かせるようになっても、オンニを探しに行くつもりはないと言った。少ししてからサンが言った。やっぱり、そこは消してください。しばらくしてまた言った。やっぱり、そのままにしてください。

エピソードをすべて打ち終えるとくたくたになって、アイスコーヒーを作って飲んだ。サンにもかけてやったし、昨日植えたマンゴーの木にも分けてやった。三者でコーヒーを分けあうと、部屋中がコーヒーの香りでいっぱいになった。ソニョンにラジオを聞いてほしいですよ。サンが言った。お寺でもラジオって聞きますかね？　私が洩らした。仏教放送は、聴くんじゃないでしょうか？　仏教放送で、恋愛ネタも受け付けると思います？　悩んだ末、私たちはサンが好きな歌手が進行役を務めている午後のラジオ番組にお便りを送った。選ばれたら、ＤＪがエピソードにぴったりの曲も推薦してくれるという話だった。

その日の夕方、弁当とアイスクリームを買いに行ったコンビニで、初めてサービスをされた。新発売のカニクリームコロッケパンという話だった。廃棄予定なんですが、三十分しか過ぎてないんです。常連さんですから差し上げますよ。眉毛にピアスをしたアルバイトがそう言った。ありがたいけど遠慮すると私は答えた。カニアレルギーなんです。カニチャーハンは食べてたじゃないですか。あれは、カニ風味のかまぼこだから平気なんです。同じなんじゃないですか？　コンビニのパンに、本物のカニが入ってるはずないじゃないですか。

本物のカニだった。アルバイトの言うことも一理あると思った私は、家に帰る途中でコロッケを一口食べて、飲み込んだ瞬間に喉の穴が痒くなった。口元が赤く腫《は》れた。大急ぎで家に戻った。どこかで殴られたんですか？　そういうんじゃありません。私は薬箱をひっくり返してアレルギーの薬を探した。僕が動けるようになったら復讐してあげますよ。サンが言った。家賃を払ってくれればいいです。私は答えた。声がヤギみたいですけど？　いいから、黙っててください。

買ってきた食べ物を冷蔵庫にそのまま突っ込むと、薬を飲んで横になった。扇風機の風に当たっているうちに顔の腫れが少しずつひいてきた。ソニョンは、あだ名をつけるのが得意だったんですよね。サンが話を始めた。付き合う前、ソニョンがつけてくれたあだ名が、キュウリだったんです。なんでですか？　嫌いなヤツが、どこに行くにもついてきたってことでしょうね。学科の部屋でも、サークルでも、飲み会でも。ジャージャー麺《めん》とか海苔巻《キムパプ》きとか、好きな食べ物にしょっちゅうキュウリが入ってるみたいに。それでも、親しくなってからはキュウリって呼んだことを取り消してくれましたよ。そんなに悲しいあだ名を、私は生まれて初めて聞いた。

　ソニョンオンニが私につけたあだ名はスパイだった。スジンのＭＰ３プレーヤーの曲ばかり聞いていた頃だったから、オンニが聴かせてくれる最近の歌を、私は一つも知らなかった。ひょっとしてスパイなの？　ソニョンオンニは何度かそう訊いてきた。それから、オンニは私をスパイと呼ぶようになった。私はそのあだ名が気に入っていた。ことは別に、自分が属している別な世界があると思うと気分がよかった。スパイのように生きてみようと誓った。

　問題は、渡す価値のある情報を持っていないことだった。私が知っているのは、人はコンビニの食料だけで生きていけること、小さな水路が夏のたびに水をきらめかせて流れること、通じていない電話を耳に当てると、たまに返事が聞こえること。そんなことを知りたがる人がいるだろうか？　どう考えてもいない気がして、私はスパイを諦めたし、新しいあだ名ができる前に、ソニョンオンニは引っ越していった。

　まさに眠りかけたところで、サンの静かな声が聞こえた。ソニョンは、来ないだろうな。私は何か声をかけようと思ったが、パタッと寝落ちしてしまった。翌朝見ると、アレルギーは跡形もなくおさまっていた。

＊

今日二回目の映画『覇王別姫　ザ・オリジナル』（邦題『さらば、わが愛／覇王別記』の拡大版。韓国ではコロナ禍の二〇二〇年に上映された）、を上映中、私は、昨夜の雨で水かさが増した水路の前にいた。今頃、レスリー・チャンはどんな表情をしているだろうと思ったところで突然、サンがうちにいるようになって、今日で一週間になることに気がついた。

コンビニ弁当を食べて、サンとマンゴーに水やりをして、ときどきひどい状態になるサンの顔を拭いてやっていると、時間は瞬《また》く間に過ぎた。最近もサンは、泣くたびに青々しいにおいを漂わせていた。泣くことと青いにおいにどんな関連があるのか、考えてみたがわからなかった。

増水した水路からは、ごぼぼぼ、という音がした。その音を聞きながら、ずっとサンのことを考えていた。一週間経っても、ソニョンオンニからは何の連絡もなかった。ラジオのお便りに採用されることもなかった。ひょっとしたらと、サンは毎日、ちゃんと放送を聴いていた。そうするほどにサンは、独《ひと》りごとばかりが増えた。どうして選ばれないのかな？　と自問したかと思えば、いいんだよ、ソニョンがあんなの聴かなくたっていいんだ、と続けるという感じだった。思い出したついでにソニョンオンニに電話をかけてみた。今おかけになった電話番号は、使用されておりませんというアナウンスが流れた。私は電話を耳に当てたまま問いかけた。スジン、どうしよう。スジンも返事をよこさなかった。

三回目の映画が終わるまで、サンにどう言うかの決心がつかなかった。結局は最後まで決めきれないまま玄関ドアを開け、するとサンがいきなり、挨拶もなしに、私に面白い話を聞かせてやると興奮した声を出した。ついさっき、おじさんが一人、塀に立小便したんですよ。私は、全然面白くないと返した。でもおじさん、良心の鏡を見ながらしてたんですよ。その言葉に吹き出してしまったが、何がそんなに面白いか、自分でもよくわからなかった。サンも笑って、そんなふうにして一緒に笑っていると、出て行ってくれという話を今日は切り出せないと思った。私は、もう少し後になってから話すことに決めた。

友達に、用を足しながら鼻歌を歌う子がいたんですよね。私が言った。一緒にトイレに行くたびに鼻歌を聞かされて、そのうち、その鼻歌を聞かないと私も用が足せなくなって。すると、サンが驚いた声で訊いてきた。友達と一緒に、トイレに行くんですか？　学校に通っている頃って、たまに一緒に行くじゃないですか。知らなかったです。友達が多くなかったので。その言葉を聞いた瞬間、私はサンのあだ名がキュウリだったことを思い出して、少し申し訳なくなった。

サンは、一週間が経ったことに気がついているんだろうか？　内心もやもやしていた気分は、その日の夜中に解消した。電気を消してしばらくすると、サンが静かな声で私に、ありがとうと言ったからだった。

＊

果物売りのトラックがマクワウリを売り始め、映画館では夏休みの特選アニメが上映されていた。本格的な猛暑の始まりを意味していた。映画館にやって来る子どもたちは、鳩ではなくてモンガみたいだった。久しぶりの外出に浮かれているのか、マスクをしながら狭い空間を飛び回っていた。私はその子どもたちを一人ずつつかまえては体温を測り、シアターに入れてやった。

今日はサンに冷たい水をコップ二杯やった。エアコンも、サンと話し合って少しだけ入れた。サンとはもう十日以上一緒に過ごしていた。ありがとうと言われて追い出す話がうやむやになったのに加えて、ここのところぐんと口数が減ったサンのことが心配になったからだった。

一週間が経った翌日から、サンは静かに目を閉じている時間が長くなった。お便りを送ったラジオの番組は相変わらずちゃんと聴いていたが、それ以外の時間はじっと沈黙に耐えていた。目を閉じたサンを見ていると、こうしてずっと黙っているうちに木になってしまったらどうしようと不安になるくらいだった。おまけにサンは、蚊にも刺されることがなかった。私が家の中で定期的に刺されているあいだも、サンは無傷だった。

蚊のことを考えていたら、刺されたところがまた痒くなってきた。私は腕とふくらはぎ、手の甲を掻き続けた。うちに入ってきた蚊は、妙なことに二日に一回、きっちり一か所だけ刺すと、毎度きれいさっぱり姿を消した。非常に計画的な上に、自制心まで持ち合わせている蚊だった。一度、夜中に電気を消して三時間待ったことがあるが、とうとう蚊は現れなかった。ひと夏かけて私の血を吸うつもりらしい。このままいけば夏が終わる頃、私は皮だけになっているかもしれない。そうなったら、たとえソニョンオンニが戻って来ても、部屋に残っているのは木と皮、水をもらえずに萎《しお》れたマンゴーの木、そして計画的な蚊一匹だけだろう。

映画館に戻る途中、わざわざアパートの裏手に回ってみた。これまでサンが外からどう見えるか、一度も確かめたことがないと気づいたからだった。そんなふうにして初めて外から眺めるサンは、これまで苦情が出なかったのが不思議なくらい目立っていた。窓を軽くたたくと、サンが目を見開いた。私は施錠していない窓を開けた。どうしてそこにいるんですか？　サンが言った。なんとなく。

塀の前に立ってサンを眺めてから、隣にかかっている良心の鏡を両手で持ち上げてみた。思った以上にずっと重かった。私はありったけの力で鏡を外すと、窓のそばに運んだ。サンの前に立って鏡の角度を少しずつ変えた。サンに、アパートの外壁に書かれた落書きや街灯、名前のわからない雑草が見えるように。鏡に映った風景を、サンはつくづくと眺めた。アパートの路地を曲がると現れる通りも見せたかったが、いくら角度を調節しても鏡に映りこまなかった。大丈夫です、十分見せてもらいました。サンが言った。

サンは、自分にも見せたいものがあると言った。何ですか？　近くに来てみてください。窓辺に置かれた保存容器で、マンゴーの新芽がいくつか顔を出していた。

寝る前にアイスクリームを一つ出して食べていると、今日、ラジオに自分たちが送ったお便りが紹介された、とサンが言った。それをなんで今頃言うんですか？　あまりに、あっさりしてたからです。私は携帯でラジオの聴き逃し配信を探して聴いた。この次です。サンが言った。ボリユームを最大にして、私たちは息を殺した。次は、０６２３さんからのお便りです。彼女と別れた後で、木になってしまいました。一日中じっと立って、連絡を待っているんです。胸が痛む初めての別れを経験した０６２３さんに、元気が出るような一曲をお送りしましょう。これで、終わりですか？　ええ。

　私たちは言葉もなくＤＪの薦める曲を聴いた。いくつも《スッタン》の夜《パム》よ、サヨナラ、いくつも《スッタン》の夜《パム》よ、サヨナラ。繰り返されるフレーズを聞いているうちに、「いくつも《スッタン》の夜《パム》」が、「炭焼き《スッタン》の夜《パム》」に聞こえてきた。すると、木になってしまったサンが真っ黒に燃えて、小さな炭になった姿が頭に浮かんだ。

　でも、初めての別れじゃないんだけどな。小さな炭が言った。高校の時に、一週間付き合った子がいたんです。一年以上片思いをしてたのに、いざ付き合ってみたら、好きっていう感情がなくなったんですよ。しばらくその子を避けて逃げ回っていました。罰が当たったんですね。私は言った。いや、罰はその時、すぐに当たってます。ある日、ゲームに接続したら、自分のアバターが、身ぐるみ剝《は》がされた状態で市場に立ってたんです。かっこいい帽子とか、つま先が尖《とが》った靴、マントまで脱がされて。あの子がハッキングして、アイテムをすっかり安値で売っ払っちゃったんでしょうね。木になってから、しょっちゅうあの時のアバターの姿を思い出します。変ですよね？　私は、まったく変じゃないと思った。そして、サンのいう女の子と、友達になりたくなった。

　その後も、ラジオからは短いお便りが紹介されては消えた。悲しくも面白くもないエピソードを、サンと私はずっと聴いていた。ある瞬間、青々しいにおいが部屋いっぱいに広がったが、見てもサンは泣いていなかった。サンはもう、泣かなくても青いにおいがするんだ。そのにおいをかいでいると、水路の前に立っている気分になった。流れる水を見なくても、時間が過ぎていくのがわかるような気分。サンと私はもう、悲しむ心なしで誰かを恋しがることができた。

＊

ちょっと前まで、自分が映画館のチケット売り場兼売店兼案内デスクにつっぷしていてそのまま死んでしまい、死体として発見されるという想像を、かなり長く続けていた。机につっぷしたまま死んだ私を眠っていると勘違いした不運な観客は、金属製のベンチに腰かけて私が目覚めるのを待つものの、映画の上映時間が迫ってきて、これ以上は待てないと私を揺さぶって起こすはずだ。微動だにしない私を変に思って髪の毛をかき分けた瞬間、その人は短い悲鳴を上げるはずだ。すぐに私は救急車に乗せられるはずだ。とっくに息絶えた私を乗せて、救急車はサイレンを鳴らさずに静かに移動するだろうし、私はその日から、第一発見者の悪夢に登場することになるんだろう。

映画館は初めて脚光を浴びるはずだ。幽霊が出る独立系映画館として話題になるはずだ。だが、改めて考えてみると、私が死んで幽霊になって現れたとしても、人は独立系映画館には来ない気がした。独立系映画館はコロナの前から次々と姿を消していたし、いつなくなっても不思議じゃなかったし、むしろ、続いていることのほうが人々にとっては謎の場所だった。

私はいまだに元気に生きていたし、高い確率で映画館のほうが私より先に姿を消しそうだった。そうしたら、私はどこへ行けばいいんだろう？　本当に映画館がなくなったら、次は陽ざしが差し込んで、風が流れ込む場所に仕事口を探すはずだ。ワンルームの保証金をつぎ込んでフードトラックを一台買って、ホットドッグを売るというのもよさそう。サンもトラックに載せて。そうなったら、ただ立っているだけでもサンは世の中を見物することができるはずだ。夕方、家に帰ってサンとマンゴーの木に水をやりながらその話をすると、サンは拒否した。乗り物酔いをすると言った。


映画館がなくなる想像をしたせいか、翌朝は誰も来なかった。観客が一人もいないのは、これが初めてだった。調べてみたら、近所の病院で感染者が出たらしい。だから、私が映画を見ることにした。『パットとマット』（チェコ共和国のパペットアニメ。とぼけた二人組、パットとマットがさまざまなドタバタを引き起こす）の劇場版だった。

映画の中で、パットとマットはバーベキューをしようとして家を黒焦げにし、準備していた鶏肉はジェットファンに吸い込まれてなくしてしまう。ハンギングチェアに揺られているうちに窓の外に吹き飛ばされてもいた。そのたびに私は笑った。泣いてもよさそうな状況だったのに、しょっちゅう笑いが出た。家が焼けても、バーベキューをできて幸せそうなパットのように。粉々になったベッドでハンモックを作っていたマットのように。エンドクレジットが上がってからも、私はしばらく席に座っていた。幸い、二回目の映画が始まる前に三、四人の観客が入ってきた。

仕事から帰った時は、しばらく部屋の中に入れず、私は下駄箱の前に立っていた。部屋がいつもより広く見えた。私はゆっくり靴を脱いで、サンが立っていた場所に行ってみた。サンは、ついにやり遂げたんだ。割れて凹《へこ》んだ床を見て、すぐに今日見た映画を思い出した。すると笑いが出そうな気もした。マンゴーの木の隣に、小さなメモが残っていた。メモを読んでからマンゴーの木に水をやった。サンがいなくなったからといって、思う存分エアコンを使うわけにはいかなかった。熱帯で育つマンゴーの木が、まだ私の部屋には残っていたから。

サンがいた場所に立ってみた。見えるのは、色褪《いろあ》せた壁紙と窓の外の塀だけだった。こんなにのっぺりとした風景に耐えていたサンはすごいと思った。しばらく同じ姿勢でいてみた。窓の外が暗くなって、街灯が灯るまで。闇が深くなると、私は魔法がとけたみたいに体を動かし、外に行って良心の鏡を盗んできた。

盗んだ鏡を私は部屋の壁に立てかけた。すると夜、寝ようと思って横になった時、足元に置かれた鏡の中からまた別の女が現れて、私と足をくっつけて横たわっているように見えた。闇の中で体を起こして、じっと女を見つめた。横になると、今度は女が私を覗き込んでいるみたいだった。せっかくだから今夜蚊が出る時、私ではなくてあっちの女を刺してほしい。心の中で願った。女はしばらく寝返りをうって、そのせいで私もなかなか寝付けなかったが、いざ眠りに落ちると部屋いっぱいにマンゴーが実る夢を見て、翌日起きた時には今までのどんな時よりも体が軽かった。蚊に刺されたあともなかった。

午後にチャイムの音がしてドアを開けると、宅配便の箱が一つ置かれていた。ラジオ局からの景品だった。中には、ぞっとするような見かけの指圧スリッパが一足入っていた。別れを経験した人に、どうして指圧スリッパをよこすのかわからないと思ったが、足を入れた瞬間理解した。あまりの足裏の痛みに、ハッと正気に戻ったのだ。私は冷蔵庫まで這うようにして進むと、アイスクリームを一つ取り出してカーテンを開けた。窓の外に、制服姿の女子が立っていた。

女子は塀の前で煙草《たばこ》を吸っていた。目が合うとすぐに何か言ったが、窓が閉まっていて聞こえなかった。私は窓を開けた。そこにいたおじさん、どこ行ったんですか？　女子が言った。おじさんに、ここで吸ってもいいって言われたんですけど。私は女子に、ここで吸ってもいいと言ってあげた。あのおじさん、もう動けるんですか。自分は木になったって言ってたけど。木の状態のサンを知る人が私以外にも存在していたことに驚いた。サンが女子の話をしたことはなかった。もう木じゃないらしいよ。私は言った。あのおじさん、面白かったのに、残念だな。確かに面白かった。また来るって言ってました？　うん。嘘ではなかった。サンが残したメモには、床を修理しに戻ってくると書かれていた。ところで、オンニはなんでそんなふうに固まってるんですか？　今度はオンニが木ですか？　女子が訊いてきた。違うよ。指圧スリッパを履いてるから。女子は肯《うなず》くと、また煙草を吸った。マスクを外した素顔で煙草を深く吸い込む姿が私の知っていた人とそっくりで、目を逸《そ》らすことができなかった。その子を見つめながらアイスクリームを食べた。ほんの一瞬、時間が水の光のように、きらきらしながら流れていくような気分になった。

鏡はどこ行ったんですか？　煙草を吸い終わった女子が、周りをきょろきょろしながら訊いた。私が盗んだの。指圧スリッパを脱いで、鏡を窓辺に持ってきた。オンニもマトモじゃないね。女子は鏡を見ながら長い髪をいじった。整え終わると、私に挨拶した。じゃあ、また今度。

見知らぬ夜に、私たちは

낯선 밤에 우리는

クモクと再会したのは、新村《シンチョン》駅の四番出口の前でだった。一目でクモクと気づいたわけではなかった。ただ、あの女の人、どこかで見た気がするけど……と思ってしまっただけで。

最初に目に飛び込んできたのは、巨大な十字架だった。地下鉄の昇りエスカレーターで上がると、急ぎ足の人々のあいだに十字架が一つ、微動だにせずすっくと立っていた。それを眺めているうちに、十字架の下に立っている女の人と目が合った。

その人は、自分の体くらいの大きさの十字架を背負って、行き過ぎる人々に大声で叫んでいた。新たに信じる心で、新たに生まれ変わるのです。声を聴いて誰かを思い出した。クモクだった。精一杯急ぎ足で前を通り過ぎたが、まもなく声が聞こえた。ヒエなの？

二十年ぶりに会ったクモクは、とても小柄だった。中学校の頃も背が低かったが、そこで身長が止まったみたいだった。クモクが私の手首をむんずとつかんだ。ヒエだよね。ホントにあんただ。お父さまが、あたしの願いを聞き入れてくださったみたい。ほんの一瞬クモクの父親を思い浮かべた。そして、クモクはその人のことを言ってるんじゃないと思った。

まさか、こんなところで会うとはね。私は言った。ソウルに来て何年か経つんだ。クモクが答えた。そして息もつかずに続けた。あのね、ヒエ。あたし、お父さまに救いを受けたんだ。あの時の犬たちのこと。生まれたての子犬まで、あたしがみんな、救いを授けたの。話しているうちにクモクの手は少しずつ震え始めた。思わずつかまれていた手を引き抜いた。クモク、私ちょっと急いで行かなきゃならないところがあって。言い訳するみたいになった。すると、クモクはズボンの後ろポケットから何かを取り出して私の手に握らせた。あたしの名刺だから。ここに電話ちょうだい。

*

　青いタオルの次に、白いタオル。白いタオルの次は、青いタオル。私はソファーに腰を下ろしてタオルを畳んだ。結婚前、同棲している頃から、夫への注文はただ一つだった。タオルだけは、各自のものを使おう。夫は露骨にがっかりしていた。だが、長い寮生活で身についた潔癖症は、簡単には治らなかった。

　タオルを一緒に使うようになったのはつい一年前、不妊を意識してからのことだった。四年間の結婚生活で二年は避妊をし、ここ二年は妊娠にチャレンジしていたが、思うようにはいかなかった。子どもは、夫婦の準備が整った時に授かるという話だった。夫と私はおとなし、無理をして三部屋ある分譲マンションを購入した。排卵日に合わせて関係を持った。それでも子どもはやって来なかった。時間が経つにつれて、次第にささやかな領域まで準備が侵食するようになって、去年から私は、誰に強《し》いられたわけでもないのに夫のタオルで体を拭いていた。

舅《しゅうと》に病院通いを勧められたのもその頃だった。三十五を過ぎただけでも難しいらしいのに、そんなふうにしてたらお前はすぐ四十じゃないか。お義父《とう》さんの息子だって同じですよ。私は心の中で言い返した。だが、もはや舅が薦める病院を受け入れるしかなかった。

二年間の準備が大っぴらになってから、舅の好意とも言えない好意を断ることはますます難しくなった。私は、舅が買ってくれた名前もわからない薬剤を飲み、そのたびに届く、いい知らせを待っているというメッセージにいちいち返信しなければならなかった。そんなことを考えていたらタオルの角がずれた。私はタオルを開いてまた畳み直した。すると、今度はクモクのことが頭に浮かんだ。舅にあの病院を推薦されていなければ、クモクと会うこともなかったんだろうな。

バッグの中からクモクにもらった名刺を取り出した。水色の円の中に、イエスが両手を広げたイラストが描かれていた。円の中に描かれたイエス。ニュースでも何度か取り上げられていた新興宗教だった。新たに信じる心で、新たに生まれ変わらなければいけません。クモクが駅前で叫んでいたスローガンも、そのまま名刺に記されていた。

名刺の右下にある白い四角の欄《らん》が空白になっていて、クモクはそこに、自分の名前と連絡先を黒いボールペンで書いていた。そういうタイプの名刺を見るのは初めてだった。見慣れないものの感じがして、チェ・クモクと書かれた文字を指でゆっくりとなぞってみた。

クモクといえば、思い出すのはトラック。子どもの頃、記憶の中のそのトラックはだんだんに巨大化して、最終的には家一軒分くらいの大きさにまでなったが、成人してから、それが罪悪感を減らすために自分で作り出したイメージだったことにようやく気がついた。

中学校最後の写生大会があった日のことだ。学校の近くの貯水池で子どもたちは散り散りになり、うち数人が、煙草《たばこ》を吸うために空き地へ向かっていて偶然そのトラックを発見した。しばらくトラックを眺めていたかれらは、みんながその光景を見るべきだと考えた。それで、みんなを大声で呼んだ。

最初に私たちが見たのは、ただのおんぼろトラック一台だった。道路脇のぬかるみに前輪を取られていた。子どもたちがそれなりに集まると、地面に落ちていた木の枝で、一人がトラックの荷台の幌《ほろ》を払いのけた。そこで初めて、かれらが興奮していた理由がわかった。トラックの中には犬が、高温に耐えられずに死んでしまった六十頭の子犬たちがいた。すでに腐敗が進んでいたのか、悪臭が鼻を衝《つ》いた。

それからの出来事はあっという間だった。トラックの持ち主が、犬の畜舎を経営するクモクの父親だったことがわかって、子どもたちにとってクモクは、いてもいないことにされる存在になった。〝子どもたち〟という言葉の中には、クモクの一番の親友だった私も含まれていた。

インターネットで、棒付きアイスができる過程の動画を見たことがある。機械の中の液体に棒が刺さって、凍って、回って、包装されていた。クモクが一人になる過程は、それと同様にスムーズに進行した。十五歳のクモクは、陰口、罵《のの》り、仲間外れの順番で着実にステップを進んだ。きれいな包装紙にくるまれて終わる動画と同じように、クモクとの記憶は卒業後、私の中で長いあいだ密封されていた。

考えるほどもやもやした気分になって、私は携帯を取った。おとといしを最後に連絡が途絶えていた中学校の同級生二人へメッセージを送った。私、今日クモクに会ったんだけど。クモク、覚えてる？　送信ボタンを押す直前、「会った」を「出くわした」に修正して送った。

＊

クモクと出くわしてから、私は別の出口を利用するようになった。さらに五分回り道をしなければならなかったがかまわなかった。十字架を背負ったクモクを、また見る気にはなれなかった。あの日、同級生に送ったメッセージの返事はなかなか来なかった。クモクって誰だっけ？　一人は覚えていなかった。えっ、ソウルで出くわした？　一人は覚えてはいたが、クモクについて私より知らなかった。

私は気にしないことにした。初めての人工授精のためにバタバタしてもいた。二日に一回、自分で自分のお腹に注射をしなければならなかった。生理中にエコーもした。そんな日常に、クモクまで割り込む余裕はなかった。昨日からは右側の下腹部に攣《つ》れるような痛みがあった。夫に伝えると、いい兆《きざ》しの気がすると言われた。触れると少しお腹が張っていて、生理予定日も二日過ぎていた。

血液検査の日の朝、私はいつもより一時間早く起きた。ちょうど夫が仕事に行くところだった。彼は私の手を取ると、しばらく祈った。いいから出勤してよ、と声をかけた。夫が家を出て行ったあとで、長い時間をかけて冷水で顔を洗った。それでも、外に出るなり暑さに息苦しくなった。つい先週まで、これほど暑くはなかったのに。

地下鉄に乗ると、状況はさらに悪化した。よりによって乗った車両は弱冷房車だった。人が多すぎて車両を移ることもできなかった。しょっちゅう隣の人とぶつかった。すると、すぐに私はお腹を腕でかばった。おかしなマネしてる。そう思いながらも腕を下ろさなかった。

8・5と書いてあった。私は、検査結果の紙に書かれた8と5をしばらく見つめた。数字が100以上になって初めて妊娠の可能性があるということだった。私は医者に、生理が遅れている、脇腹に痛みもあると伝えた。過排卵による痛みだろうと医者は言った。病院の外に出て何歩か進んだ時、下腹部に鈍《にぶ》い痛みが走った。まさか。私は病院の入った建物の一階のトイレに駆け込んだ。生理の出血が、下着に鮮明なシミを作っていた。縁起が悪いからと、生理用ナプキンも準備してきていなかった。再び上の階にある病院に戻った。看護師が中型のナプキンを一枚渡してくれた。

ナプキンをつけに入ったトイレの個室で、私は泣きたかった。でも涙が出なかった。代わりに、痛みのせいでしばらく床にへたりこんでいなければならなかった。時間が経っても痛みは治まらず、ふくらはぎが痺《しび》れてきた。結局立ち上がって、最寄りの地下鉄駅の入り口まで歩いていった。遠くにクモクの姿が見えたが、回り道をする余裕はなかった。暑さと痛みで、しょっちゅう視界がかすんだ。

ねえヒエ、あんた倒れそうだよ。すぐ前に立っているクモクの声が、遠くからにしか聞こえなかった。クモクが私の肩をつかんで、じっと覗き込んでいる気配があった。すぐに病院行かなきゃ。クモクが言った。病院の帰りだと答えた。生理痛なの。私は言った。すると、クモクは隣の人に何か言ってから私の脇を支えて、どこかへ向かい始めた。

どこ行くのよ。私が訊いた。クモクは、この近くに自分の家がある、少しでいいから横になっていけと言った。私たちは路地に入って、小さな坂を一つ上った。そして、あるスーパーの前で立ち止まった。クモクがスーパーの隣にある緑に塗られた鉄の門に鍵を差し込んだ。門が開くと石の階段が現れた。階段を降りて、さらにドアを一つ開けた。そこがクモクの家だった。

クモクの家は、家というよりは部屋だったたし、部屋というよりは倉庫に近かった。個室一つと流し一つで終わりだった。クモクは家に入るとすぐに布団を広げてくれた。横になると柔軟剤の香りがした。部屋が狭いから、クモクの動きは一目でわかった。

まずは背負っていた十字架を下ろした。十字架の上には輪っかになった紐がついていて、クモクが壁に刺さっていた釘《くぎ》にそれをひっかけると、壁全体が十字架で覆われた。こうしてると、まるで生贄《いけにえ》になったみたい。思っただけのつもりが、口を衝いて言葉が出ていた。意外なことにクモクは大笑いした。ヒエ、あんた、ものすごく痛いわけじゃないんだね。

クモクは、あたたかい汁ものをお腹に入れたほうがいいだろうと言った。平気だと止めても、どうせごはんは食べるんだし、と言って聞かなかった。手を洗ってジャガイモの皮を剝《む》き始めた。私は、そんなクモクを黙って見つめた。ジャガイモを剝き、ズッキーニと玉ねぎを切るクモクは、道で見かけたクモクとはまったく別人みたいだった。まるで、中学生の頃のクモクみたい。そんなことを思っているうちに、私はついうとうとしていた。

目覚めた時は、すでにごちそうが出来上がっていた。起こしてくれたらよかったのに。私は言った。ちょうどいいところで起きたんだよ。スプーンと箸《はし》を準備しながらクモクが応じた。体調はどうかと訊かれて、私はずいぶん良くなったと伝えた。

出来立てのコチュジャンチゲから湯気が上がっていた。私は一口すくって口に入れた。驚くほどおいしかった。チゲの中のジャガイモがホクホクしてあたたかかった。おかずは海苔《のり》と、ジャガイモ炒めの二種類だったけれど、千切りして塩で味付けしたジャガイモ炒めにしょっちゅう手が伸びた。おいしいよ、クモク。私はしきりに言った。結局ご飯を二杯も食べた。後片付けを終えても、私たちは小さなお膳《ぜん》を挟んで向かい合っていた。クモクがあたたかい飲み物をくれた。コーヒーかと思いきや、おこげ湯だった。

クモクは五年前、父親の葬儀を終えてからソウルに上京したと話した。最初は安宿を転々として、やがて新月洞《シンウォルドン》にある美容室で、アシスタントとして働くことができた。美容室の店主は、月給がものすごく少ない代わりに、備品室に寝泊まりをさせてくれた。美容室から一歩も出ずに十日過ごしたこともあるとクモクは言った。一日中パーマ液の匂いをかいでいるから気持ちが悪くなって、体重が八キロくらい減った。その時に出会ったのがスヒだった。スヒは、美容室で唯一カットができて、また、唯一クモクを下の名前で呼んでくれる人だった。単にそれだけの理由でクモクはスヒを慕い、やがて親のようにスヒに従うようになった。

それからのことは予想通りだった。クモクはある週末にスヒに連れていかれた場所で、スヒのように笑い、スヒと同じ口調で話し、互いを下の名前でやさしげに呼び合う人々に囲まれた。あまりに陳腐すぎる展開で、内心よかったと思うほどだった。

すごく長いあいだ、と、押し黙っていたクモクが再び口を開いた。どこから間違えたんだろうって、そう思ってたんだよね。だけど、ようやくわかったのよ。あたしには原罪があったってことが。ねえ、ヒエ。信じるものができると、つらいこともつらくなくなるよ。そう言うとクモクは私をじっと見つめた。私は、冷めてしまったおこげ湯を一気に呑み込んだ。

性行為は宿題になり、生理は失敗になる日常が続いた。病院では、性行為を宿題と呼んだ。この日に合わせて宿題をすればいいでしょう。医師はにこりともせずにそう言った。一回目の人工授精に失敗してからは、私もその表現に笑えなくなった。私たちはすぐに二回目の人工授精に進んだ。嫁ぎ先に二回目のことは言わないでほしいと夫に頼んだ。

ホルモン注射を受けるうちに、気持ちはどんどんナーバスになっていった。昨日は、水を飲もうとしたカップに汚れを見つけて、投げつけてしまいそうになった。しょっちゅう空っぽの教室に座っている夢を見た。教室の真ん中に座って、誰かがドアを開け入ってきた瞬間、自分は死ぬのだと恐怖に震えていた。調子が悪いとき毎回見る夢だった。だから、エコー検査を終えて病院を出たとき、誰かに後ろから肩をつかまれた私は、思わず叫びそうになった。

あまりに私が驚いたので、肩をつかんだ女の子はしきりに謝った。大丈夫と伝えてどちらさまかと尋ねた。クモクさんのお友達ですよね？　大学生のように見えるその女性が言った。クモクと一緒に布教活動をしていて、クモクと私が言葉を交わすのをちょくちょく見かけていたという話だった。ごはんを一緒に食べて以来、私はクモクが立っている出口を使っていた。その時クモクのそばにいたうちの一人らしかった。

女の子は、私と話がしてみたかったと言った。近所のカフェで、コーヒーでも一杯どうですか？　返事をする代わりに目でクモクを探した。少し離れたところに、人々の頭上へにゅっと突き出している十字架が見えた。私は、まずクモクに訊いてみると言った。近くに私たちをみとめて、クモクが駆け寄ってきた。

女の子はクモクに、みんなで一緒に涼しい場所に行って話そう、と切り出した。ここはあんまり暑すぎるじゃないですか。私は戸惑う顔つきになった。私の様子を見たクモクは、ヒエと自分は今日、二人での約束があるのだと言った。自分もついて行ったらダメかと女の子は食い下がった。今度ね。クモクが答えた。

ありがとう。私はクモクに礼を言った。私たちは女の子を避けて回り道をし、気がつけばクモクの家に向かっていた。こうなったことだし、またごはんでも食べようよ。キムチジョン（生地に刻んだキムチを混ぜて焼いたもの）作ってあげる。クモクが言った。私は断らなかった。十字架を背負った状態で食堂に入るわけにもいかなかった。クモクの家に着いて、トイレを借りてもいいかと訊いた。だが、部屋を見回してもトイレは見当たらない。トイレは建物の二階だとクモクが言った。そしてトイレットペーパーを巻き取って渡してくれた。

家って呼ぶには不十分なところが多くてさ。もとは一階のスーパーの倉庫として使われてたところなんだ。用を足して戻るとクモクが言った。それでも、ここがソウルで初めて手に入れたあたしの家だしね。クモクは、ソウルに来てから三回転居していた。美容室、青年寮、そしてこの家だった。信仰を持つようになってからは青年寮で暮らしていたという。そうして初めて、自分だけの家を手に入れてそこを出てきたと。

油が跳ねるから離れているようにとクモクが言った。私は小さなテーブルを開いて座り、ジョンを焼くクモクを見つめた。新村《シンチョン》には何の用があってこんなにしょっちゅう来てるの？　クモクが訊いた。嫁ぎ先がこの辺で。すると、クモクが振り向いて私を見た。あたしったら、やだ。てっきりあんたは独り身《ひと》だと思ってた。私は、結婚して四年になると伝えた。ドレス姿、すてきだったろうね。連絡先がわからなくて結婚式に呼べなかったと、私はなんとかごまかした。クモクはうなずいた。携帯を初めて作ったの、ソウルに来る時だったしね。それまでは使うことがなかったから。

あっという間にクモクはキムチジョンを三枚焼き上げた。どうしたらこんなにカリカリに焼けるわけ？　クモクが焼いたジョンは、どの面もカリッとしていた。クモクは、生地にも油を少し足すといいと教えてくれた。私たちはサイダーと一緒にキムチジョンを食べた。意外によく合った。おいしいと言うと、クモクは、嘘だね、とつぶやいた。本当においしかったら、あんたは箸とスプーンで拍手するでしょ。

何の話だろうと考えてギョッとした。クモクは、私が中学生の頃の癖《くせ》を覚えていた。あれは、高校の寄宿舎で直したんだ。舎監の先生が怖くて。クモクは、私がスプーンと箸をぶつけて出す音が好きだったと言った。あの音を聞くと、ついさっきまで食べていたものが、ますますおいしく感じられたよね。

二枚目のキムチジョンに手を出したところで、青年寮はどうだったかと訊いた。狭かった。クモクが言った。今くらいの部屋に、八人ずつで寝てたから。靴を靴の上に置かなきゃならないくらいだったし。クモクは自分の手の甲《こう》に手のひらを置いて言った。今のこの部屋よりずっと狭い空間というのが想像できなかった。それでも、あそこにいた時は寝る時間がよかったんだ。両隣の人と手をつないで寝るの。手をつないで、みんなで一緒に寝る前のお祈りをした。そうすると、怖かった気持ちが鎮《しず》まってね。

その夜、家で、眠っている夫の手を静かに握ってみた。汗がにじむまでそうしていた。でも不安な気持ちは鎮まらなかった。えんえんと、永遠に、みたいな言葉がしょっちゅう頭の中で渦を巻いていた。私は、排卵誘発剤が注射されたお腹をさすりながら目をつむった。手を引き抜こうとした時、寝ぼけた夫が、放すまいとぎゅっと握り返してくるのを感じた。すると、クモクが言っていたのがどういうことか、少しわかる気がした。

クモクは青年寮を出て一か月間は眠れなかったと言っていた。手があまりに寂しかったと。だから両手の指をしっかり絡《から》み合わせて寝る癖がついたと話していた。それでもここはちょっとわびしいよね。もしこんなふうに時間が合うときは、一緒にごはんを食べてよ？　私は一瞬悩んで、わかったと答えた。

その後、病院に行くたびにクモクとごはんを食べた。いつもは週に一回、時には二、三回になることもあった。約束して会ったことは一度もなかった。病院を出ると、クモクはいつもあの場所にいた。私はクモクに近づいて目配せをし、近くのマクドナルドに入って千ウォンのコーヒーを注文した。すると三十分以内にクモクが現れるという具合だった。

私が毎回クモクと出くわしていた理由もわかった。クモクは月曜から土曜の朝九時から夕方六時まで、新村《シンチョン》駅四番出口の前で伝道をしていた。交替で与えられる昼食時間を除けば、丸一日そこにいるようなものだった。クモクの家にしょっちゅう行くようになって、自然にルールも生まれた。料理はクモク、皿洗いは私。食べたい料理があったら食材を買ってきてもかまわないが、金額は一万ウォンを超えないこと。一万ウォン？　私が訊き返すと、それ以上は負担になるからダメ、とクモクは頑《かたく》なに拒《こば》んだ。

こちらが拒んだこともあった。私に伝道はしないで。クモクは、それはそうだけど、と言って、しばらく言葉を継げなくなった。あんたにそうされると、ここに来づらくなるのよ。もう一度言うと、クモクは、もうしないから、と子どものように返事を返した。とはいえ、宗教の話がまったく出ないわけではなかった。お父さまがあんたを遣わしてくれたことは間違いないよね。イカ炒めに入れるネギを切りながらクモクが言った。救いがなかったら、あたしは死んでたと思う。ワカメを戻しながら言った。みんなが信仰を持つようになれば、法律もいらない世の中になるんだよ。もやしを和《あ》えながら、クモクはまた言った。

そのたびに私は涼しい顔で返した。もやしの和え物に、唐辛子粉も入れてね。するとクモクは、話を途中にして唐辛子粉を探した。そのくらいなら悪くないと思った。何より、この五坪（日本の十畳分ほどの広さ）の部屋でだけでは、子どもに対する執着から、一時的にであれ抜け出すことができた。ひたすら料理ができていく過程をわくわくしながら見守って、おいしく食べること。それが、この部屋で起きるすべてだった。

息をつく時間ができたからか、二回目の人工授精が失敗に終わった時、私は一回目より淡々と事実を受け入れた。大騒ぎしたのは周りのほうだった。病院は体外受精を熱心に薦めるようになり、夫は目立って焦っていた。失敗とわかった日、夫は夕食もとらなかった。そして、週末はずっとパソコンにかじりついて、新しい病院を検索していた。

多少揉《も》め事もあった。私が体外受精はしたくないと言ったからだった。最善を尽くしてこそ、諦めることができるんだって。夫が言った。やるのは私の体でしょ。するかしないかは私の選択だよ。そう言い返すと、夫は煙草を吸いに外へ出て行った。二年前にやめて以来、初めてのことだった。翌日、病院でのカウンセリングを終えた私は、餅と青陽《チョンヤン》産の青唐辛子を買った。今日は、うんと辛いトッポッキが食べたくてさ。私が言った。ちょうど自分も辛い物が食べたかったとクモクが答えた。青陽唐辛子《チョンヤンコチュ》を五本入れることで話はまとまった。

たれ《ヤンニョム》を煮詰めている途中で、私は我慢できずに窓を開けた。辛そうなにおいに、しょっちゅう鼻水が垂れてきた。それ、年取ったからだよ。辛い物を食べるときって、鼻を拭くので忙しいよね。クモクが鍋ごとトッポッキを置いて言った。私たちは一口食べるたびに水を一口飲んだ。

しばらくそんな調子でいたら、クモクがいきなり立ち上がった。そうして、冷蔵庫から焼酎を出してきた。よく見ると瓶はすでに半分ほど空いた状態だった。

きっかり一杯ずつ飲もう。私たちは飲みかけのコップを空にして焼酎を注いだ。ずいぶん久しぶりに飲んだからだろうか。唇《くちびる》が濡れただけでも酔いが回った。私は、嫁ぎ先との関係が悪くなったから、しばらくは来られないかもしれないと話した。クモクは、自分も今月はビリだったから、忙しくなりそうだと言った。何のビリ？　ただのビリ。私たち、二人とも散々だね。そうだね。乾杯しよ。乾杯する前に、ねえヒエ、嫁ぎ先と仲直りできなくても、たまには寄ってよ。だね。じゃあ、もう本当に乾杯しよう。うん。

＊

窓を開けると、爽やかな空気が流れ込んできた。思ったより早い秋の訪れだった。秋は秋夕《チュソク》（韓国の伝統的な年中行事。陰暦の八月十五日を挟んだ三日間が休日になり、親戚一同が故郷に集まって先祖の墓参りなどを行う）の季節でもあった。嫁ぎ先に行くことを考えると、すぐに頭痛がしてきた。秋夕《チュソク》の前日から出かけて行って料理をして、当日は早朝にお膳をお供えしなければならなかった。結婚以来、毎年欠かさずしてきたことだった。

リビングに行くと、テーブルの上に、夫が用意した食事と一緒にメモが置かれていた。今日、病院気をつけて。ごめんな。刻んだニンジンとハム入りの卵焼きが、きれいな長方形を作って皿に盛り付けられていた。私は立ったまま卵焼きを切って口の中に放り込んだ。火の通っていないニンジンがコリコリと音を立てた。卵焼き、おいしい。ありがとう。夫にメッセージを送ると、残りの卵焼きを冷蔵庫にしまった。緊張しているせいで、それ以上食べられなかった。

　体外受精に挑戦することにして、初めての通院日だった。数日前に見たテレビ番組で、出産から三年ぶりに復帰したコメディアンが自宅を公開していた。テーブルでインタビューを受けていたが、そのテーブルの角に安全クッションが貼られているのが目に入った。無垢材《むくざい》のテーブルに貼りつけられた、真っ黄色の丸いクッション。インタビューがすっかり終わるまで、それを穴が開くほど見つめた。そうして思った。ああいうものがある生活なら、もう少し受け入れられそうだと。

　病院からの帰り道、クモクの家が切実に恋しかった。注意事項と副作用について一日中聞かされていると、明日すぐにどうにかなってもおかしくないようにさえ思えた。だから、駅前にクモクを発見した時、私はいつもとは違って大きく両手を振った。サルかと思ったたってば。家へと一緒に歩きながら、クモクが言った。私は笑った。食べたいものある？　なんでもいいよ。家にさ《オ》つま揚《ムク》げがあるけど。じゃあそれにしようよ。うん。

　しかし、さつま揚げの煮物《オムクチョリム》は変な味だった。味見したクモクも顔を顰《しか》めた。料理酒の代わりにお酢を入れちゃったみたい。平気だと伝えたが、ついにクモクはジャージャー麵《めん》の出前を取った。ジャージャー麵はすぐに到着した。この煮物はジャージャー麵にものすごく合いそう、私は言った。ジャージャー麵をかきまぜて、たくあんの代わりに煮物を脇に置いて食べてみた。あきれるくらい合わなかった。

クモクはジャージャー麺にもあまり手を付けなかった。何で食べないのかと訊くとすぐに煮物を口に入れたが、途中で吐き出してしまった。そうして、これはとても食べられたもんじゃないと流しに下げた。サルも木から落ちることがあるんだし、大丈夫だって。声をかけた。そうじゃないの。クモクが言った。流し台に手を置いて立ち尽くしたまま、しばらく動こうとしなかった。私は、ジャージャー麺を食べる手を止めてクモクを見上げた。

遠くに行くことになりそうなんだ。クモクが口を開いた。先週、礼拝が終わって出てくるところで、総会宣教師はクモクを別に呼び止めた。そして、今月中に荷物をまとめて、教団が所有する農場へ引っ越しすることを提案してきた。何か月か、一人も伝道できなかったからね。農作業を通じて、新たな働き手に生まれ変わる機会をやろうっておっしゃって。

問題は、と言うと、クモクはしばらく間を作った。そこに行くと、何にもないんだよ。電話もあんまり通じないんだって。今どきそんなところがあるの？　私が訊いた。だよね。クモクが言った。流しから戻って、私の向かいの席に腰を下ろした。行った方がいいと思う？　クモクが訊いた。突然の質問に、どうかなあ、とはぐらかしたが、クモクは辛抱強く私の返事を待っていた。あんたが望むんだったら、行くのが正しいんじゃないの？　なんとか私はそう答えた。

今日は皿洗いをしなくていいとクモクが言った。料理が失敗だったんだから、皿洗いもしなくていいと。私はクモクの顔色を見て、わかったと返事をした。引っ越しの話を切り出してから、クモクの口数は急に減っていた。午後は伝道も外れるという。こういう日に私ができるのは、早くその場を立ち去ることだった。私は、見送りはいいと伝えた。

緑色の鉄の門の下にジャージャー麵のお皿を置いていたら、黒いサインペンで書かれた小さな落書きが目に入った。よく見るとカタツムリの絵だった。今度、クモクにも見せなきゃ。きっと喜ぶはず。中学校の時、先生の目を盗んで届けられたクモクのメモは、いざ開けてみるとなんの意味もない場合がほとんどだったから。緊張しながら開けると、メモに描かれていたのがぽつんとドングリ一つきりで、吹き出してしまったこともあった。大したことじゃない。クモクが自分でうまくやるはず。そう思いながら坂を下った。

*

よく成長していますね。医師がエコーの写真を見ながら言った。右側に三個、左側に五個の卵胞が成長していた。私は、医師に示されるまま八個の黒くて丸い円を眺めた。円の直径が二センチ以上になるまで待たなければならないということだった。二日後にまた来るように、という言葉と共に処方された薬を持って、私は地下鉄駅へ向かった。

四番出口に近づくほど歩みは遅くなった。出口前では女性が一人、地べたに座り込んでチューインガムを売っていた。ひょっとしたらと思って、前まで行って顔を確認した。クモクではなかった。この前も、前の前も、私はクモクに会えずにいた。マクドナルドで二時間以上待ったこともあった。あの時話していた農場に行ったのかと思い、クモクと一緒だった女性に訊いたが、返ってきたのは知らないという返事だけだった。

家に帰るとまっすぐ奥の部屋に行って、引き出しをあさった。幸い、名刺がそのままになっていた。書かれていた番号に電話をかけた。呼び出し音が鳴っているあいだに、嚙んでいたガムをティッシュに吐き出した。家に来るまでずっと嚙んでいたのに、吐き出すと香りが残っていた。電話はつながらずに切れた。私はすぐにメッセージを入れた。私、ヒエ。これを見たら連絡して。

二日後の通院日になっても、クモクから連絡はなかった。順番待ちのあいだにもう一度電話してみた。電源が入っていなかった。看護師が、キム・ヒエさん、お入りください、と大声で呼んだ。カウンセリングルームで医師から、卵胞がよく成長しているので、明日、夫と一緒に来院するようにと言われた。予定通りに卵胞を採取すると。今夜はいい夢を見てくださいね。医者がそう付け加えた。私は、そうしますと答えた。

今日も、駅前にクモクはいなかった。私は一度大きく深呼吸をしてから息を吐いた。そうして反対側に向かって歩き始めた。路地に入って小さな坂を一つ上ると、見慣れたスーパーが現れた。私はスーパーの隣の緑の鉄の門を叩いた。チャイムがないから、他に方法がなかった。クモクぅ。私は門を叩きながら叫んだ。クモクぅ、そこにいるの？

しばらく叩いていると開いた。緑色の鉄の門ではなくて、スーパーの引き戸が。おたくがさんざっぱら叩くから、うちの店がすっかり壊れちまいそうだよ。白い髪をひっつめたおばあさんが出て来て言った。クモクの後輩かい？　おばあさんに訊かれた。私は友達だと答えた。嘘だろうが。はい？　驚いて訊き返すと、おたくはクモクより十は若く見える、とおばあさんが言った。おばあさんは、中に入って待つようにと私を促した。クモクを十日以上見かけなくておかしいと思っていたら、ちょうど昨日の夕方顔を合わせたところだという。どっかに行ってきたみたいだったけどね。今日は家に戻ってくるだろうよ。おばあさんが譲ってくれた椅子に腰かけて驚いた。椅子用ヒーターに電気が入っていた。まだ九月なのに、ヒーターなんて。椅子があったかいですね。私は言った。あたしゃ年中椅子に電気入れてるんだよ。おばあさんが返した。真夏もですか？　ああ。

　長く座っていたら暑いだろうと思ったが、違った。心地よいあたたかさだった。九月でも、あたたかい椅子はいいものだな。私はガラスの窓越しに外を眺めた。大きな一本のイチョウの木の下を、たまに人が通り過ぎていった。しばらく木を見ていると引き戸が開いて、黄色い頭をした男性がぬっ、と入ってきた。

　おばあさんは男の顔を見て、私にだけ聞こえるようにつぶやいた。真《ジン》ラーメン（一九八八年発売の大衆的インスタントラーメン）。男性は、本当に真ラーメンの五個パックを買っていった。続いて入ってきた背の高い女性を見ても、おばあさんは言った。ホームランボール（シューの中にチョコレートクリームが入ったお菓子）とバッカス（韓国の大衆的なエナジードリンク）。女性は、ホームランボールとバッカスを二本取った。顎髭《あごひげ》を生やした男性が引き戸を開けた時、私は反射的におばあさんのほうを見た。おばあさんは顔を上げて男性に目をやった。ところが、今度は何も言わなかった。あの人は何ですか？　間に耐えられなくなって私が訊いた。知らん。おばあさんはつっけんどんに答えた。そのせいで、思わず声を出して笑ってしまった。男性は飲み物を選んでいる途中で私のほうを見た。彼が選んだのはオレンジジュースだった。

男が帰ると、すぐにおばあさんは、体を少し私のほうに向けて座った。あたしゃ、クモクが家賃も踏み倒して逃げ出したと思ったんだ。でも、クモクはそういう人間じゃないだろ。おばあさんが言った。私はその通りだ、クモクだったら絶対にそんなことはしない、と答えた。ところで、なんで連絡もしないで家まで訪ねて来たんだい？　クモクに何か、よくないことでもしたのか？　おばあさんに訊かれた。そう質問されると自分がよくないことをした気がして、私はそうだと答えた。

するとおばあさんは私を見つめて、手で椅子を二回、とん、とん、と叩いた。ここに座ってとくと反省して、クモクが来たら、ごめんって言うんだよ。私は、そうすると返事をした。イチョウの葉の輪郭が闇に紛《まぎ》れる頃、鉄の門がガタガタと音を立てた。早くお行き。おばあさんが私の手を軽く握ってくれた。

クモク、と呼ぶと、門を開けていたクモクが驚いて後ろを振り返った。それから慌てて周囲を見回した。どうしたの？　私が訊くと、何でもないと答えた。そう答えながらも、クモクは私の手を引っ張って、大急ぎで鉄の門を施錠した。私たちは何も言わずに階段を降りた。家の中に入ってからようやく言葉をかけた。何かあったの？　クモクは、ううん、と答えて電気をつけた。これまで、どこに行ってたのよ？　また訊いた。クモクは少し黙ると、ハンガーにコートをかけながら意外な言葉を口にした。付き合ってる人と、ちょっと旅行してきた。

付き合ってる人がいたの？　うん。なんで私に話さなかったの？　話すチャンスがなかったから。どこに行ってきたのよ？　仁川《インチョン》。行って、釣りもしたし刺身も食べた。釣りもできるんだ？

もちろん。私は床に腰を下ろして、着替えをするクモクを見上げた。本当に？　そうだってば。クモクは楽な恰好になると、私の向かいに座った。それはそうと、家に食べ物どころか飲み物もないよ。どうしようか。私は平気だと答えた。どうせすぐに行かなきゃならないと。クモクは、そう、と言ったきり口をつぐんでしまった。

しばらく沈黙が流れた。私は、言葉もなく床に目を落とすクモクの顔を見つめた。クモク。慌てて名前を呼んだ。だから、仁川《インチョン》旅行はどうだったのよ？　クモクが顔を上げて私を見た。楽しかったよ。そう答えた。釣りもしたんでしょ。魚は釣れた？　うん。魚は、ヒエの腕くらいあったよ。それを釣り上げたせいで、今でも腕が痺れてるもんね。クモクがわざとらしく腕を揉んで言った。食べた？　何を？　その魚。あんたってばもう。あたしが食べてばかりいると思ってるんだ。クモクが声を上げて笑った。私もつられて笑った。

そんなふうに笑っている途中で私は言った。十五歳のクモクは、アリも捕まえられなかったのにね。クモクは笑うのをやめて私を見た。視線を重く感じ始める頃にクモクが口を開いた。時間のせいだよ、ヒエ。私は肯《うなず》いた。時間が、だいぶ経ったからね。

長く座っていると足が痺れてきた。ふくらはぎを揉みながら、私はもう行かなくちゃと言った。見送れなくてごめん。クモクが返した。平気だと答えた。でもね、クモク、もし次に、旅行でも何でもどこかに行くことになったら、と私は靴に足を入れながら言った。事前に教えてくれる？　うん。クモクが返事をした。靴を履くためにかがんでいた姿勢を元に戻してクモクを見た。どういうわけか、最初に会った時よりクモクの背が縮んだ気がした。挨拶を口にするクモクを眺めていて、ようやく何が変わったかわかった。クモクの背後の壁にかかっているべき十字架が、見当たらなかった。

*

卵子を採取した翌日、私は簡単な荷造りをした。荷造りをしているあいだ、夫はずっと私を止めていた。今度の秋夕《チュソク》は家で休めと言うのだ。体調は平気だから心配しないで、と私は言い返した。何度か揉めた末に、とうとう夫が勝手にしろと言った。ソックスを最後に入れてジッパーを閉めた。夫の実家に行かない場合、何が起きるかは目に見えていた。舅は、来年の秋夕《チュソク》はもちろん五年後にだって、過去に自分がどれほど寂しい秋夕《チュソク》を過ごしたかを言い募るはずだった。その話を繰り返し聞く自信はなかった。

私たちは夕食の時間に合わせて到着した。ドアを開けると、すぐに食べ物の匂いがした。お義父さん、お料理したんですか？　私が慌てて訊いた。三年前に姑《しゅうとめ》が亡くなってから、料理を準備するのはいつも私の役目だった。台所に行ってみると、本当に里芋汁《トラングク》（秋夕に食べる代表的な料理の一つ。澄んだ牛肉のスープに里芋が入っている）ができていた。

準備をしてくると舅に声をかけてから、私は夫を引っ張って部屋に入った。お義父さんに、体外受精したこと言ったんでしょ？　部屋のドアを閉めて訊いた。夫は何も言わなかった。いつ言ったの？　昨日という返事が返ってきた。卵子を採取した翌日に私をゆっくりさせたいと思い、言わないわけにはいかなかったという。怒りを鎮めるためにしばらく無言でいた。じゃあ、お義父さんが知ってることを、私はずっと知らないってことにして。やっとの思いで言った。夫が硬い表情でうなずいた。

私はひるむことなく知らんふりを続けた。夫が皿洗いをすると名乗り出たときも、舅が自分でマクワウリを剝こうとするときも、いちいち驚いて申し訳なさそうにした。舅が子どもの話をしかけて言葉尻を濁《にご》した時も、わざと聞こえないふりをした。そうやって神経を尖《とが》らせていたから、舅が自分の部屋に入る頃にはへとへとだった。顔を洗ってから手にとった化粧水の容器が、重く感じられるほどだった。

夕食のあいだずっと口数が少なかった夫は、部屋に入ってからも押し黙っていた。以前から彼は、腹を立てると黙り込む癖があった。自分が怒っている理由を相手が理解してはっきりと謝罪するまでは、決して口を開こうとしなかった。私は、どの時点で彼が怒ったのかを考えようとしてやめた。考える力すら残っていなかった。処方されていた薬を飲んで横になった。布団からは古い埃《ほこり》の匂いがした。しばらく寝返りを繰り返すだろうという予想に反して、私はすぐに深い眠りに落ちた。

目覚めたのは真夜中だった。夫は隣で寝ていた。私は台所に行くと、電気ポットを水で満たした。卵子を採取してから、ずっと喉の渇きがあった。お湯が沸くのを待ちながら、テーブルに置かれたカレンダーを覗き込んだ。二日後は受精卵を移植する日だった。そうしてふと、九月二日に青い丸が書かれているのに気がついた。丸の下には小さな字で「家族」と書かれていた。

この日って何の日だっけ。今月は秋夕《チュソク》があるから、他に家族の集まりはなかった。嫁ぎ先の家族の誕生日も冬に集中していた。ふと、カレンダーを前にめくってみた。八月には青い丸がもっとたくさんあった。四週目と最後の週には、丸が連続していた。私はそれをしげしげと見つめ、ゆっくりとカレンダーを前にめくった。また、めくった。ずっとめくっていった。青い丸は、恐ろしいほど続いていた。私は、丸が何の日かわかる気がして涙が出た。それは、私が人工授精を試みる前から描かれていた。

タクシーの中で、私はクモクに電話をかけた。切ろうかと思う頃につながった。寝てた？　私は訊いた。ううん、と、クモクが寝起きの声で言った。クモク、私、これからあんたの家に行ってもいいかな。今？　と、クモクが訊き返した。そうだと答えると、気をつけて来て、と言った。電話を切って、私は運転手に行先の変更を伝えた。

緑色の鉄の門はすでに開いていた。私は門の隙間に挟んであった石を外して階段を降りると、玄関ドアをノックした。小さく二回。その後の二回はやや大きく。すると、ドアが開いた。ヒエ、あんた、なんでパジャマなの？　クモクが私を見るなり言った。その言葉に見下ろすと、私は本当にパジャマ姿だった。

靴を脱いで中に入ると座った。クモクが笑いを引っ込めて私に近づいた。隣にそっと腰を下ろして、再び私が口を開くまで待っていてくれた。頭が割れそうに痛い。しばらくして私は言った。するとクモクが立ち上がった。

薬を探しに立ち上がったのだと思ったが、クモクは突然、小さなテーブルを広げた。そうして鍋を持ってきた。クモクがスープを煮込む時や、麵を茹でる時や、トッポッキを作る時にも使っていた古い鍋だった。あんたがこっちに向かってるあいだに作ったんだ。まずはこれを食べて薬を飲めば、胃が荒れないでしょ。クモクが言った。

鍋の蓋《ふた》をとると、蒸し卵《ケランチム》だった。スプーンですくったそばから白い湯気が上がった。一口食べてみた。蒸し卵は柔らかくてあたたかかった。何も言わずに蒸し卵をすくって食べながら、私はスプーンと箸で拍手をした。するとクモクが笑った。

一緒に笑いあってから、私たちはゆっくり話を始めた。話は長く、私たちは休み休み続けた。一人が話すと、もう一人は話が終わるまで口を開かなかった。代わりに相手の目を見つめて、全身で話に集中していることを示した。話が進むほどに、私たちは一緒に何かを通過していた。ゆっくりではあるけれど、はっきりした方向へ、角張ったところなく滑らかにふくらむ時間を過ごして、私たちは初めて、私たちが描く目的地へとたどりつきかけていた。

家に帰って寝なくちゃ

집에 가서 자야지

チョって、会わないうちに新しい癖《くせ》ができたんだね。どんな癖？　チョが訊き返した。しょっちゅうキョロキョロするやつ。僕は答えた。チョは、あ〜、それな、と言うと言葉を濁《にご》した。僕はそれ以上訊かなかった。訊いたって、適当に言いつくろうんだろう。チョは僕が知る中で一番嘘がうまい人間だった。

チョさあ、なんで靴下を枕の下に入れとくの？　いつだったかそう訊いたときも、チョの答えは、あ〜、それな、だった。焦《じ》れた僕が重ねて尋ねると、火事のせいだと言った。小さい頃、寝ているうちに家が火事になった。真冬に家の外に飛び出して、気がつけば裸足《はだし》だった、そう話した。

こうやって、足の指を失くすんだな。チョは本気で思ったらしい。あの日以来、靴下を枕の下に入れて、ようやく気持ちが落ち着くんだよ。そう言われて、僕はチョの奇妙な習慣についてそれ以上訊けなくなった。一度チョに、どうして歯ブラシ立てに歯ブラシが二本あるのかと質問した。するとチョは、あ〜。それな？　朝用と夜用で別のを使ってるんだ、と返事を返した。そう口にするチョの姿があまりに真剣だったから、そうなんだ、と思ってしまった。

だいぶ後で、チョが火事を経験したこともなければ朝用と夜用で歯ブラシを使い分けてもいないことを知った。いったいどうしてそういう嘘がつけるの？　詰め寄ったが、チョがまた、あ〜、それな、と始めたから話を打ち切った。それ以降、チョが言葉を濁すたびに、質問を重ねるのはやめにした。すると、チョもやっぱり口をつぐんでしまった。

ところが、今回はチョが自分から話を続けたのだ。キム・ジェヒョンが、いなくなったもんでさ。チョはそう言うと酒のグラスをあおった。キム・ジェヒョンが？　驚いてチョを見つめた。キム・ジェヒョンは、チョが八年飼っているヤモリの名前だった。

先週末、あまりの暑さに、チョは半分寝ぼけた状態で窓を開けた。そのせいで蚊《か》が入りこんでチョの耳元でブンブン言い、ムカついたチョは部屋の中にさんざん殺虫剤を噴霧《ふんむ》したが、そうした後で初めて、キム・ジェヒョンのことが心配になった。チョはキム・ジェヒョンを浴室に連れて行った。ワンルームだから他に選択の余地がなかった。ちょうど前日掃除していたので、チョは、キム・ジェヒョンを床に放してやった。朝、部屋をきれいにしたら戻してやるからな。しかし、翌朝ドアを開けると、そこにキム・ジェヒョンの姿はなかった。チョを待っていたのは、半分ほど開いた排水溝の蓋《ふた》だけだった。

チョは大丈夫？　どうでもいい質問をすると、彼は答える代わりに人差し指でテーブルの上に線を描き始めた。何やってんの？　質問すると、配管、という返事が返ってきた。アパートの配管の図面をもらってきたんだ。開けられる配管は全部開けてみたけどいなかった。ここにも。ここにも。チョは人差し指で線を描いては途中で指を止めて、いくつかの地点を指しながら言った。

キム・ジェヒョンは、いなかったんだ。

その後もチョは、ちょくちょく物思いに沈んだ。そして僕が話しかけたり、居酒屋の店内を人が出入りしたりするたびに、周りをキョロキョロと見回した。そうするたび、キム・ジェヒョンを探しているように見えた。あるいは、自分がなぜここに座っているかわからなくなっているように見えた。

そして、そのたびに僕は、チョに言いたいことを我慢してのみこまなければいけなかった。チョさ、あの時はあんた、こんなじゃなかったじゃんか、平気だったじゃんか、みたいな無意味な言葉を。言葉数が減ると酒瓶が空くのが早くなった。頭痛がし始める頃、チョに寂しいかと訊いた。うん。チョが言った。チョさ、うちに泊まっていく? さらに訊いた。するとチョは、大丈夫と言った。大丈夫、もう出よう、と。

＊

僕は出勤するなり椅子を低く調節した。ウェットティッシュでデスクを拭いて、飲みかけの水を多肉植物にも少しやった。植物は僕が勤め始める前からあったが、誰がいつ持ってきたのかを知る人はいなかった。商業施設の入った複合型マンションの警備員という仕事は、僕が新卒で初めて手に入れた職だった。

仕事は三グループ二交替で進んだ。昼間の勤務を二日して一日休むと、夜間の勤務をまた二日して一日休むというパターンだった。最初のうちは十二時間じっと座っているのが苦痛だった。他のことよりも時間に耐えることが一番しんどかった。昼間は雑務が多くてあっという間に時間が経った。問題は夜間だった。入居者の出入りが減る午前零時から明け方六時までは、水を吸った綿を運ぶロバの歩みのごとく、時間は遅々として進まなかった。

　そうなるといろいろなことが頭に浮かんだ。大体は遠い昔の出来事が。この前は宅配便の箱を整理していて、小学校で隣の席だった子と同じ名前を見つけた。それから一週間というもの、その子のことばかり考えて時間を過ごした。ずいぶん長いあいだ仲良くしていたのに、何を理由に疎遠になったかが思い出せない。その子の母親が薬局をやっていて、ビタミンキャンディーをもらって食べた記憶、八歳の誕生日のプレゼントに絶対引っくり返らないメンコをもらったことも覚えているのに、その理由だけが、どうしても浮かんでこなかった。

　三日目になる日、昼休みに粉食《ブンシク》の店（トッポッキやラーメン、揚げ物などを扱う軽食の店）に入ってようやく思い出した。トッポッキのせいだった。給食がトッポッキだった日、隣の子と僕は、いつにもまして一生懸命がっついた。さらに授業を二つくらい受けて、終礼まで終わって教室を出る時だった。ちょっと、口を拭いていきなさい。先生が隣の子に言った。言われてみると、隣の子の口元とほっぺにトッポッキのソースがついていた。

　隣の子は手の甲《こう》で口元を乱暴にぬぐうと、何歩も進まないうちに僕に大声を張り上げた。隣にいるくせに、今まで気がつかなかったのか？　明日から話しかけるなよ。あいにく、翌日学校では席替えがあって、本当にそれが隣の子との最後のやりとりになった。

さらに四日考えてみると、それが隣の子との最後ではなかった。もう少し後になってから、バス停でその子と顔を合わせたことがあった。本当に話しかけてこないとは思わなかったよ。隣の子が言った。そうじゃない、席替えの後は、わざわざ話しかけることがなかっただけだ、と僕は言った。あれが、本当の最後だった。あんな言い方しちゃダメだったのに。今からでも謝りたかった。

会話の半分が、チョ、あれ覚えてる？　になり始めた時、チョから転職を勧められた。仕事を始めて二か月も経っていないタイミングだった。あんたに言われたくないよ。当時チョは、皿やコップの不良品をチェックするアルバイトをしていて、この世のすべての傷が目につくようになったと悩んでいた。携帯の傷やカバンに寄った皺《しわ》みたいなものが許せなくて、稼ぐたびに新品を買ってお金を使いきってしまっていた。幸い、それからすぐにチョはその仕事を辞めた。

チョから電話がかかってきたのは退勤時間の頃だった。キム・ジェヒョンが、ここにいたんだよ。携帯越しの声はすっかり興奮していた。僕は耳から携帯を外して、もう一度発信者を確認した。チョで間違いなかった。キム・ジェヒョンが、家の中にいたってこと？　僕は訊いた。いや、アパートの中に。上に住んでる男が、昨日キム・ジェヒョンを見たらしい。で？　で、大家に駆除業者を呼んでほしいって頼んだんだと。自分で捕まえられずに取り逃しといて。俺も、さっき大家から駆除の案内のメッセージをもらって知ったんだ。すぐに大家に連絡したんだけど、もう上の男と約束してるから、駆除業者を呼ばないわけにはいかないって言われてさ。結局、そのヤモリは俺が飼ってたやつだって話したわけ。そしたら大騒ぎで。

僕に電話をくれた理由って何？　我慢できずに途中で口を挟んだ。一緒に行ってくれよ。チョはそう言った。どこへ？　上の家に。大家が、上の男と直接話せって言うんだよ。お前が一緒に行ってくれたらと思って。今、仕事中だよ。僕はどうにもならないような言い方をした。するとチョは、待つと言った。しばらく迷っているとさらに言った。頼むよ。

チャイムを押すのと同時に五〇一号室のドアが開いた。五〇一号室の男はランニングシャツ姿で、汗に濡れた髪が額《ひたい》に張りついていた。どちらさまでしょう？　ドアノブを握ったまま、男はチョと僕を順番に眺めて言った。昨日、この家でヤモリが一匹出たそうですね？　ああ、駆除業者さん？　男はさらにドアを開けた。その瞬間、鼻を刺すようなにおいが流れてきた。いえ。こちらは下の部屋に住んでいる人で、と、僕はチョの腕を取って話をした。そのヤモリの飼い主なんです。

ヤモリに飼い主がいるんですか？　男の声が驚いたように高くなった。僕はチョをつかんだ手にすばやく力をこめた。そうなんです。この人にとっては、家族も同然なんです。誇張ではなかった。チョは誰かに家族を紹介する時、父親、自分、そしてキム・ジェヒョン、と説明していた。キム・ジェヒョン、ですか？　誰かに訊き返されると、いろいろありまして、と答えた。チョの性格をわかっている人は大抵、なるほどね、と受け流していた。

できればヤモリが出たところを確認させてもらえますか。僕が訊いた。それはちょっと。男がドアを自分の方に引きながら言った。今、散らかってるんです。すると、チョが乗り出した。ちょうど、この人が清掃会社のスタッフをしてまして。無料で清掃させてもらいますよ。お金を出して頼んだらかなりのもんですから。それに、こっちがヤモリを見つけて連れて帰ったら安心でしょう。そうしたら、別途駆除業者を呼ぶ必要もありませんし。男はドアノブを握ってしばらく悩むと、入るように言った。

靴を脱ぎながら、僕はチョの横っ腹を突いた。チョは知らんふりをしていた。男のワンルームは、ありとあらゆるモノが散乱していた。出前の容器がいい加減に重ねられて悪臭を放っている上に、服が何着も散らばっていた。この状態じゃ、駆除業者を呼んでも無駄だろうに。チョが洩《も》らした。掃除しているあいだ、出ててもらえますか？　僕は男に訊いた。男は首を横に振った。おたくらを、どうやって信用しろっていうんですか。じゃあ、ちょっと使い捨ての手袋もらえますかね？　チョが言った。

男からもらった使い捨てのビニール手袋をはめると、僕はまず窓を開けた。続いて空のペットボトルを一か所にまとめ始めた。業者なら、掃除道具が別にあるんじゃないんですか？　男が僕を見て言った。本来はそうなんですけど、今は急ぎだったので。チョが僕の代わりに答えた。チョは男が見ていないところで口だけ動かし、すまん、と言った。

キム・ジェヒョンをどこで見たんですか？　チョが男に訊いた。男に訊き返される前に、キム・ジェヒョンはヤモリの名前だと僕が説明した。流しで、です。残ったチーズピザを食べてました。キム・ジェヒョンは、どうしてチーズピザを食べるんですか？　キム・ジェヒョンは、うれしそうでしたよ。二人のやりとりに、僕は振り返って男を眺めた。あんなふうに、たった一度でキム・ジェヒョンをキム・ジェヒョンと呼ぶ人間は、この男が初めてだった。

チョは男の質問には答えずに、流しの周りやタンスの下を隅々《すみずみ》まで調べていた。収納ケースを台にして上がり、照明器具の内側まで確認したりもした。そのかんに僕は床にあった服を拾い上げた。真夏なのに長袖の服が何着か出てきた。

一つだけ不思議だったのは、どこからかやたらと黒いヘアゴムが出てきたことだ。男の髪はぼさぼさだったが、結べるほどの長さはなかった。僕は、ヘアゴムが出て来るたびに手首に引っかけた。掃除のあいだじゅう、男は壁に寄りかかって座ったまま、携帯でゲームをしていた。


半分も片付けられなかったのに夜十時になっていた。男は携帯を置くと、腹が空いてないかとチョと僕に訊いた。ラーメンでも食べますか？　まだ探す所があるとチョが言った。明日また来てくださいよ。ボクが今、腹減ってるんです。男はそう言うと鍋を取り出して水を張った。ほんとに、明日また来てもいいんですか？　駆除業者は呼びませんよね？　チョがまた訊いた。ええ、まあ。男は意外と素直に答えた。チョと僕は男の部屋に来てから二時間ぶりに、ようやく床に座ることができた。

洗い物がいっぱいだったので、僕らは使い捨ての紙コップを取り皿の代わりにした。男が作ったラーメンはしょっぱすぎた。鍋、デカいのがなくて、水が足りなかったみたいです。男は一口食べて言った。僕は平気だと答えた。彼は、名前をジョンウといった。すぐ前にある学校の学生だが、今は休学中という話だった。それならチョの後輩だった。チョのほうを見たが何も言わないので、僕も黙っていた。

ラーメンを食べている途中で、ふとジョンウが、僕が手首にしているそれは何だと訊いてきた。ああ、掃除してて出てきたんだけど、忘れてました。僕はヘアゴムを外してジョンウに渡した。手首に赤い線状の跡が強く残った。ジョンウは、ヘアゴムを受け取ると箸《はし》を下ろした。そして、手の甲で鼻を一度擦《こす》ってから話し始めた。

ボクですね、実は、一か月前に彼女と別れたんです。もともとは掃除も得意なんですけど、あの日以来、掃除どころか、これっぽっちも動きたくなくなったんですよね。一日中腹が減ってて、夜中に出前を一回頼んで食って。それから、一人で酒飲んで。ああ、少し前にWATCHA《ウォッチャ》（韓国のソフトウェア企業が運営する動画配信サービス）に加入したんです。そこは一週間ごとに、こっちの趣味に合う映画を五本おススメしてくれて、全部ちゃんと見たんですけど、不思議なことに時間が経つにつれて、おススメ映画がボクの好みじゃなくなっていくんですよ。それでもだまって見てます。で、昨日の夜、初めてマジでいい映画を一本見たんですよ。それで勇気が出て、食ってたお菓子をパッと下ろして、まず皿洗いから始めよう、そう思って流しの前に立ちました。そしたらそこに、ヤツがいたんです。長くて黒っぽいヤツが、昨日食い残したピザの上で、マジでくねくねしてて、ホントすごいゾッとしましたよね。マジで涙まで出ましたよ。ボク、本当はそんな人間じゃないのに。

そのあたりで僕はチョの様子を窺《うかが》った。ギリギリのところでこらえているのがわかった。ジョンウは気にせずに話し続けた。とにかく、ものすごくしんどかったんですけど、久しぶりにこうやって誰かとメシを食って、ワイワイやるのはいいですね。どうして別れたんですか？　意外にもチョが質問した。だから、それがわかんないんですよ。いくら訊いても、絶対に教えてくれないんです。ジョンウは石でも嚙んだみたいな表情で答えた。

部屋を出る前、ジョンウがチョに、明日はいつ頃来るかと尋ねた。朝メシを食ってから来ます。チョが言った。僕らはジョンウの家を出て一階下に降りた。遅いから泊まってけよ。チョが言った。別れた後でチョの家に行くのは、これが初めてだった。彼が玄関ドアの暗証番号を押しているあいだ、訳もなく緊張した。だが、いざドアが開いて見慣れた室内が目に飛び込んでくると、すぐに気持ちが安らいだ。

チョの家で変わったものといえば、キム・ジェヒョンがいた飼育ケージだけだった。床材が取り払われて電気の消えた飼育ケージを見るのは初めてだった。飼育ケージのガラスの壁面に手をあててみた。以前はこうすると、キム・ジェヒョンがよく僕の手を追いかけてきたものだった。手を離すとぼんやりした跡が残って、すぐに消えた。

振り向くとチョが水を注いで飲んでいた。清掃会社のスタッフだってえ？　僕は語尾を上げて言った。するとチョはコップを下ろして、両手をこすり合わせるマネをした。この目でどうしても確認しなくちゃならなかったんだよ。すまん。いいから水ちょうだい、と僕は言った。チョが飲みかけのコップを差し出した。残りの水を飲み干した。しょっぱいものを食べたせいか、ずっと喉が渇いていた。

シャワーを浴びて戻ると、チョはとっくに床に布団を敷いて横になっていた。起きてよ、僕が床に寝るから。チョの肩を揺さぶった。寝てんだよ。起こすなって。目をつむったままでチョが言った。僕は結局、髪を乾かした後でベッドに寝転がった。

電気を消してしばらくすると、部屋の中でコオロギの鳴き声がした。キム・ジェヒョンのエサにしているコオロギだった。付き合っていたときもたまに聞こえはしたが、こんなふうに何匹もが同時に鳴くのは初めて聞いた。一か月経ってもキム・ジェヒョンが見つからなかったら、そのときは全部放してやる。寝たと思っていたチョが言った。

僕はチョのいるほうを見下ろした。チョは腕を組み、こちらに背を向けて横になっていた。そういえば、枕が一つしかなかった。昔あった僕の枕は捨てたらしかった。また仰向けになって天井を見つめた。うるさくて寝付けないだろうと思ったのに、あっという間に寝入ってしまった。

カサコソいう音で起きた。目覚めると、チョが暗闇の中でシリアルの袋を開けていた。電気つけていいよ。そう言うと一瞬で部屋の中が明るくなった。チョは食器棚からもう一枚皿を取り出して、僕にまでシリアルを入れてくれた。コーンフロストに、真っ白な牛乳を少し。毎朝シリアルを食べる習慣も相変わらずだった。僕はシリアルを食べると、皿を持ち上げて残った牛乳を直接飲んだ。ものすごく甘くて、すっかり眠気が吹き飛んだ。

バス停まで送ってやるとチョが言った。上の家にもう一度行くって言ってなかった？　一緒に行こうよ。僕が誘うと、チョは大丈夫だと言った。昨日だけでも十分ありがたかった、と。今日は休みだし、することもないんだよ。僕はもう一度言った。それなら俺も助かるさ。チョが肩をすくめた。

チョと僕は上の部屋に向かった。ところが、いくらチャイムを押しても何の気配もしなかった。しばらく経って、ようやくドアが開いた。ジョンウは寝起きのようだった。鳥の巣みたいな頭をしている上に、目もちゃんと開いていなかった。

寝てました？　じゃあ、もう少ししてからまた来ますよ。僕が言った。するとジョンウが激しく手を振った。いや、いま大事なのはそれじゃなくて、やっぱり駆除業者を呼ばなきゃならないっぽいです。申し訳ないです。突然どうしたんですか。チョが慌てて割って入った。昨日、寝ようと思って横になったら、虫の鳴き声が聞こえるんですよ。外からだと思ったんですけど、うちって五階じゃないですか？　電気を全部つけてしばらく探したら、家の中に、マジでカマドウマがいたんです。そのせいで徹夜しました。ホント申し訳ないんですけど、とりあえず駆除業者に来てもらわなきゃダメっぽいです。あのですね、と、チョが冷静に言った。とりあえず、中で話しましょうか？　ジョンウは迷った後で僕らを部屋にあげた。

虫は捕まえたんですか？　チョが訊いた。ぴょんぴょん飛び回ってるのを殺せるわけがないですよ。やっとのことで外に出しました。ジョンウは思い出すのも嫌そうだった。たまたま外から一匹、入って来たんでしょう。今駆除業者を呼んだら、キム・ジェヒョンは死にますよ。殺虫剤がヤモリにもどれほどダメージを与えるか。昨日こっちと約束したのに、それはないですよね。断固とした口調で語るチョを、僕はしげしげと見つめた。チョがこんなに真剣だったことがあったろうか。ジョンウはチョの言葉に動揺したのか、先にシャワーを浴びてくるから探しててください、と言い残して浴室に消えた。

ジョンウがいなくなってから、僕はチョを思わせぶりに見つめた。ひどいんじゃないの？　僕が言った。明らかに、昨日のうちにチョがコオロギを放したのだ。腹を空かせてたら困ると思ってさ。チョが言った。そして慌てて付け加えた。言ったらダメだぞ。

チョは、ジョンウの許しを得て本棚と食器棚の中身を全部出した。今日はジョンウもチョを手伝って捜索に加わった。結局ジョンウは、駆除業者を呼ぶのは今度にすると言った。二人がキム・ジェヒョンを探しているあいだ、僕は雑巾で床の拭き掃除をした。半分ほど拭いたところで雑巾をひっくり返すと、驚くほど黒かった。これ、ちょっと見て。雑巾を高く掲げた。チョがそれを見て足を上げ、靴下を確認した。僕も確認したが、すでに手遅れだった。

それからも僕らはしばらく、家中を探し回っては片付けをすることを繰り返した。本棚と食器棚はもちろん、タンスや浴室まで全部調べたがキム・ジェヒョンは見つからなかった。代わりに黒いヘアゴムばかりがさらに二個出てきた。昨日見つけたものも合わせたら、全部で五個だった。いつも、髪を結ぶやつがないって言ってたのに。ジョンウはそれを全部引き出しに仕舞いこんだ。

掃除を終えてから、僕らは洗濯物を干してエアコンをつけた。部屋の真ん中にテーブルを広げて落ち着くと、かすかに洗剤のにおいがした。ジョンウが冷蔵庫からビールを出してきた。チョの提案どおり、つまみはチーズピザだった。どうです？　キム・ジェヒョンが食べただけのことはあるでしょ？　ジョンウが訊いた。チョは返事をしなかった。それでいて二切れ目に手を伸ばした。僕はおいしいと答えた。引っ越して来てから、ここのピザばっかり注文して食べてるんです。ジョンウのその言葉を最後に、沈黙が続いた。ピザが届くぎりぎりまでクローゼットの下を再度調べていたチョは、ほとんど口を開かなかった。

　黙々とピザを食べていると、ジョンウが再び話し始めた。夜中に酒を飲んで寝転がってると、歌ってる声がしてたんですけど、あれってお宅だったんですね。チョがジョンウをじっと見つめて言った。どうでした？　何がですか？　俺の歌ですよ。ジョンウはじっくり考えてから言った。悪くなかったですね。パク・ヒョシン（一九八一年生まれの男性シンガーソングライター。中島美嘉の「雪の華」をカバー）っていうよりはイ・ソラ（一九六九年生まれの女性シンガーソングライター。抜群の歌唱力やこだわりの強さ、コンサート活動の少なさなどで有名）に近かったですけど。僕は笑った。チョが笑うなと言った。

　自分にも、寝転がって天井ばかり見ていた時期があったと、チョが話し始めた。その時に、キム・ジェヒョンって名前が浮かんだんです。二本目の缶ビールを開けて続けた。キム・ジェヒョンは、最初からキム・ジェヒョンだったわけではなかった。もともと半年過ぎくらいまで、何の名前もなかった。中学校の時の友達が、家族旅行にいくあいだ少しだけ預かってほしいと言ったくせに迎えに来ず、抱え込むかたちでチョが育てることになった。彼が寝転がってばかりいた時期は、その友達とも疎遠になった後だった。

　その日もチョはベッドに寝転がっていたが、飼育ケージにいるとばかり思っていたヤモリが壁を伝って天井に這い上がり、ついにはチョの顔の上に落下した。鼻を押さえて浴室に駆け込んだ。

鼻は無事だった。それでも痛みや悔しさは収まらなかった。部屋に戻ると、ヤモリはまた天井に張りついていた。チョはヤモリをつかんで飼育ケージの中に突っ込むと、穴が開くほど見つめた。そうして、世界で一番ひどい名前を付けてやろうと決心した。キム・ジェヒョン。担任の名前だった。のちのち、そんな名前をつけてしまったことを後悔したが、その時点ではもう他のどんな名前も、キム・ジェヒョンには似つかわしくなかった。

ジョンウがチョの話を夢中で聴いているあいだ、僕はチーズピザの上にホットソースをたっぷりかけて、食べることに専念した。もう何度も聞いている話だった。当時も今も、僕が知りたいのはキム・ジェヒョンのことではなくて、チョがなぜその時期天井ばかりを見て過ごしていたかだった。だが、今回もその質問だけは口にしなかった。

僕らはピザを残さず平らげた。テーブルを片付けて部屋を出る前、チョがジョンウに、ありがとう、と言った。万が一キム・ジェヒョンを見かけたら、夜中でも平気だからいつでも連絡してほしいとも付け加えた。もちろんです。ひとしきりチョとキム・ジェヒョンについて語り合ったジョンウは、迷わず返事をした。ジョンウの家を出た後で、チョと僕はバス停まで一緒に歩いた。熱帯夜の始まりか、夜なのに空気がじっとりしていて暑かった。歩いているあいだじゅう、チョと僕は何の言葉も交わさなかった。バス停に到着すると、チョは僕にも、ありがとう、と言った。いいって。僕が答えた。

バスの案内板を見ると、僕の乗るバスは十一分後の到着と表示されていた。待たなくていいから先に帰って。僕は言った。一緒に待つさ。ベンチに腰を下ろしながらチョが言った。僕はチョの隣に座った。チョも暑いのか、Tシャツが背中や腰に張りついていた。それを眺めている時、明日は何してるんだ、とチョに訊かれた。仕事だよ。僕は言った。ちょうど二年だな。それ、覚えてたんだ？　ああ。そこから二人とも押し黙った。バスが到着して、僕はチョに、またねと言った。座席について見下ろすと、チョが手を振っていた。

＊

僕は二段の弁当箱を開いた。最初の段には、整然と並んだ鶏のむね肉の薄切り、一口サイズに切ったブロッコリーとプチトマトが入っていた。二段目は玄米ご飯だった。この二年間、夜勤のたびに食べている弁当だった。冬は玄米ご飯がサツマイモに変わった。

最初、夜勤の時には何も食べなかった。大学時代から体を鍛《きた》えていたから、夜食を食べることになじみがなかった。だが、すきっ腹で何度か夜を明かすうちに胃がズキズキするようになった。以来、深夜一時になると、必ず家から持ってきた弁当を食べることにしていた。すると太りにくくなって胃の負担も減った。家の冷凍室には、インターネットで大量注文した鶏のむね肉がいっぱいに積み上がっていた。

トマトをつまもうとした瞬間、マンションの出入り口の自動ドアが開いた。僕は挨拶しようと立ち上がったが、誰もいないのに気づいて再び席に腰を下ろした。こんばんは。それでも声をかけるのはサボらなかった。夜更け、誰もいないのに自動ドアが開くことがたまにあった。そういう日はきっちり二度、ドアの調子がおかしくなった。僕はそれを、誰かが入ってきて出て行くのだと信じていた。だからそれからは、そんなふうに開くドアに向かって挨拶した。最初は、こんばんは、二度目に開いたときは、さようなら、と。

するとなぜかいいことが起きた。交替勤務に毎回五分遅れる人が定刻通りに来る、ビタ500（韓国のエナジードリンク）の蓋に「一本あたり！」と書かれているといった、ささやかなラッキー。生前はきっといい人だったんだろう。僕はブロッコリーを噛みながら考えた。それはともかく、チョは元気にしてるんだろうか。まだキム・ジェヒョンを探してるんだろうか。メッセージを送ろうかと思ったが、時間も遅いのでやめておいた。

問題は、夜勤がすっかり終わって昼寝をして目を覚ましてからも、チョとキム・ジェヒョンについて考えるのをやめられなかったことだ。チョ、キム・ジェヒョンどうなった？　結局メッセージを送った。返信はしばらく経ってからだった。今、ジョンウんち。食器棚で物音がしたって聞いて、来たとこ。返信しようとした瞬間、もう一つメッセージが入った。お前も来る？

玄関ドアを開けたとたん、キムチチゲのにおいが流れてきた。キム・ジェヒョンは見つかんなかったんですよ。僕が靴を脱ぐ前にジョンウが言った。上下の食器棚の中全部見てみたんですけど、いませんでした。心配になってチョの姿を探した。チョは隅に座ってご飯をよそっていた。いいところに来たな。僕を見て言った。メシ、食うよな？　僕はそうすると返事をした。キムチチゲは、ジョンウがついさっき作ったところという話だった。キャンプに行って作ったら、レシピ教えてくれってみんな大騒ぎなんですよ。

　一口食べると、本当においしかった。どうですか？　うまいねぇ。チョと僕は同時に答えた。僕らは、ご飯とチゲをあっという間に平らげた。ゆっくり食えよ。チョがジョンウに言った。数日で、二人はグッと親しくなったようだった。チョはジョンウにタメ口を使うようになり、ジョンウがハサミを探すとチョが出してやっていた。家の隅々まで全部調べたから、どこに何があるかみんな知ってるんだよ。チョはあの日以来、毎日ジョンウの家に来ていたという。毎日？　驚いて訊き返すと、チョは、キム・ジェヒョンがここにいる感じがずっとしてて、と答えた。

　ノートパソコンで映画を見ようとジョンウが言った。自分が皿洗いをしているあいだに、チョと僕で見たい映画を選べと。僕らは、おススメが星五つの映画を選んだ。星の数が満点なんだから面白いはず、と僕が言い、だよな、とチョがあいづちを打った。ノートパソコンをテーブルに置いて、ジョンウ、チョ、僕の順に壁に寄りかかって座った。映画は、声を出した瞬間に寄生生物によって殺されるという内容だった。そのため、登場人物たちは終始沈黙を守った。うっかり木の枝でも踏むんじゃないかと、息を殺して歩いていた。

　主人公が高周波で寄生生物を殺して映画が終わると、チョが床に寝転んで叫び声を上げた。息が詰まって死ぬかと思ったあ！　僕もそのままチョのマネをした。息が詰まって死ぬかと思ったあ！　言ったじゃないですか、ジョンウがバツが悪そうに言った。ボクの趣味ってわけじゃないんですって。そんなことしてたら下の家の人が苦情言いに来ますよ。俺がその下の家だよ。チョが言った。どうせなら、化け物が来るって脅してくださいよ。僕が言った。二人とも、帰ってください。ジョンウが応じた。帰る前、僕はトイレを借りた。手を洗うときに見たら、床の排水溝の蓋が外されていた。その隣に刻んだバナナを入れた皿が一つ、置かれていた。

品格のあるエレベーターが、あなたを物語ってくれます。マンションのエレベーターにお知らせを貼りながら、最初の文章を音読してみた。心の中で読んでいる時はそれらしい感じがしたのに、声に出してみるとバカみたいだった。朝、管理室から、デザインを適用したイメージ写真を各棟のエレベーターに貼り出すよう指示があった。

デザインは全部で四種類だった。今後一週間のあいだに、入居者は希望のデザインにシールを貼り、最も多くのシールを集めたデザインに変更されるとのことだった。意外にも、中にはブルジュ・ハリファ（アラブ首長国連邦の最大都市ドバイに立つ超高層ビル）で使われたというデザインもあった。僕は、その写真を特にじっくり眺めて、最初のシールを下に貼ってやった。

エレベーターを出たところでメッセージが一つ入った。ジョンウだった。アニキ《ヒョン》、来るときちょっとビール買ってきてください。僕は、わかったと返事を送った。このところ、週に二、三回はジョンウの部屋に行っていた。二人のアパートは職場と家の中間地点でもあったし、何よりそこには、いつもチョがいたから。

しょっちゅう行っているうちにそれなりのルールもできた。酒代は持ち回りで出すこと。キム・ジェヒョン発見時は、ただちにみんなで協力すること。キム・ジェヒョンの出現に備えて、各自のポジションも決めてあった。ジョンウはベランダにつながるドア、チョは浴室、僕は流しだ。飲みすぎないこと。このルールはチョが作った。一度、ジョンウがさんざん飲んだあげく元カノの話をして泣き出したことがあった。その時ジョンウを二時間以上慰《なぐさ》めてから、チョがルールを付け足した。最後に、皿洗いをはじめとする後片付けの担当は、ジャンケンで決めること。僕は今まで一度も当たったことがなかった。

アニキはどうしてそんなに当たんないんですか。チョと二週間交互に皿洗いをしていたジョンウが悔しそうに言った。言われてみれば僕、去年の夏以来、ジャンケンで負けたことがないよ。ジョンウは、アニキまで適当なことを言い出さないでくれと返した。冗談ではなかった。誰もいないのに開く自動ドアに向かって挨拶の言葉をかけるようになって以降、本当にジャンケンで負けたことがなかった。それをどう説明すればいいかわからなかったから、結局黙ってやりすごしたのだが。

自然と、三人でメッセージをやりとりするグループができた。入居者の出入りがまばらな時間帯には、ジョンウとメッセージで会話をした。大体はジョンウが話しかけて来て僕が返事をするかたちで、大抵は食べたいメニューを選ぶ話だった。同じグループにいても、チョはほとんどメッセージを確認していなかった。

たまに、ジョンウからダイレクトメッセージでゲームの招待状が飛んでくることもあった。コーヒーを作って売るゲームだった。元カノとカフェのアルバイトで知り合ったとは聞いていたが、ゲームの中でもカフェのアルバイトをしていたなんて。早く仲間に入ってくださいよ。ジョンウがさらにもう一通メッセージをよこした。返信しなかった。しばらくして、五〇一号室に住んでいる子どもから、こんにちは、と挨拶をされた。毎日夕方になると、テコンドの道着姿でエレベーターから飛び出してくる子だった。学校の時間じゃないの？　僕が訊くと、先週から夏休みなんですっ！　と子どもは声を張り上げて出て行った。いいな。閉まるガラスドアに向かってつぶやいた。

ビールを買ってアパートの階段を上がっていると、煙草《たばこ》を吸いに外へ出たジョンウと鉢合わせた。アニキ、来たんですね？　うん。さっき聞きましたよ。アニキ、清掃会社じゃなくて警備会社で仕事してるんですってね。慌てて言い訳しそうになったが、悪かったと謝った。平気ですよ。予想とは違って、ジョンウは淡々とした反応だった。ボクはそういう嘘、悪いって思わないんで。部屋に入りかけていた僕は、どうして？　と訊いた。どうしてそれが、悪くないんだ？　ジョンウは顔をこちらに向けると、煙を吐き出してから言った。なんとなくですかね。キム・ジェヒョンを探そうと頑張っていたことは知ってますし。それに、全部別にしても、ボクの部屋を掃除してくれたのは確かじゃないですか。そう言うとジョンウは煙草をもみ消して、僕が提げていた袋を代わりに持った。入りましょ。暑いし。

チョは、今日が中伏《チュンボク》（夏の暑さを乗りきるために、サムゲタンなどの滋養食を食べる習わしのある日）だと言った。こういう日は鶏を食わないとな。だから僕らはチキンの出前を取った。涼しい部屋でビールを一口飲むと、生き返った気がした。缶ビールを置いてチキンに手を伸ばした時、ジョンウが突然僕を見て、アニキ、マジでいい人ですね、と言った。普通はみんな、脚とか手羽からとるじゃないですか。せせりから最初に食べる人って、アニキが初めてですよ。

一番上にあったのを取っただけだと答えた。とにかく、です。アニキはいい人です。だよな。チョが同意した。僕は、返事をする代わりに、せせりに食らいついた。今日に限ってチクチクした骨が口蓋《こうがい》にやたらと刺さった。骨を吐き出してから言った。僕もそう思うよ。二人には僕の言葉が聞こえていないみたいだった。

アニキが清掃会社の社員じゃなかったのは、なんてことありません。チキンを半分ほど食べ終わったとき、ジョンウが急に大声で言った。前にアニキがいないとき、別れを経験したことがあるかって、チョに聞いたんです。そしたらチョは、自分は今でも、写真館を見ただけで胸が苦しくなるって言うんですよ。

写真館の主人が好きだったのに、ある日、何も言わずにその人が姿を消したそうです。毎日、前で待ってて、書いた手紙をドアの隙間に挟んで、そのうちあんまり悔しくて頭にきて、写真館のガラス窓に石まで投げたって。それでも何の話も聞こえてこないから忘れてたんだけど、後でわかったのは、その人が……余命いくばくもない病人、だったよね。僕が引き取った。アニキも騙《だま》されたんですか？　うん。うわ、先週のおススメ映画に『八月のクリスマス』（余命わずかの写真館店主と駐車違反取締員の女性の淡い恋を描いた、一九九八年制作の韓国映画）があったからよかったようなものの、でなきゃ最後まで気づかないところでしたよ。エンドクレジットで、涙じゃなくて笑いが出ちゃいましたよね。呆れて。

騙されるお前らがバカなんだろ。黙って聞いていたチョが言った。騙される人間がバカなら、騙す人間はもっと悪いよ。思わず言い返してしまった。しばらく僕は、写真館の前を通り過ぎるたびに主人の様子を注意深く眺めていたのだ。でもさ、アニキ、とジョンウが続けた。ボクは、口からでまかせでもいいから、彼女がボクと別れる理由を言ってくれてたらって思うんです。そして、少ししてからまた言った。あいつ、戻ってきますかね？　チョと僕は同時に答えた。ないな。

出勤の時間帯を過ぎて暇になると、僕はエレベーターの前に行ってボタンを押した。ドアが開くなり、シールが貼られた告知文が目に飛び込んだ。ブルジュ・ハリファの下に貼ってあるシールの数をすばやく数えた。三十六。昨日より五つ増えていた。相変わらず隣のデザインに二つ後れを取ったままだった。

この数日、僕は暇さえあればシールの数を確認していた。お昼ごはんを食べた後も、出退勤の時間帯が終わって住民の姿が途切れた時も、あるいはふと思い立って、席を立ちエレベーターのボタンを押した。どうでもいいことだとわかっていても、しょっちゅうエレベーターのことが頭に浮かんだ。とはいえ、それも今日が最後だった。シールを貼る期間は明日までだが、明日は僕の非番の日なのだ。降りる前にシールを三つ剝《は》がして、ブルジュ・ハリファの下に貼りかえた。

休み明け、管理室に向かうときは気がはやった。タイムカードをこすりながら、精一杯さりげなく訊いた。エレベーターはどうなりました？　管理室のスタッフが、どのエレベーターですか？　とじっと僕を見た。昨日、デザインが決まったんじゃないんですか？　ああ、そのことですね。スタッフは脇にあった書類をあさった。億劫《おっくう》そうな感じが手振りにたっぷりにじんでいた。僕は黙って待っていた。

B案になりましたね。とうとう関係する書類を見つけてスタッフが言った。B案ですか？　C案じゃなくて？　僕が訊き返した。それは三位でした。B案だけ、エレベーターが金色じゃないですか。お年寄りはどうしてもそういう色を好みますから。そしてスタッフは、そうだ、と僕を呼び止めた。クレームが入ってるんです。九〇一号室の男性が入ってきた時、座ったまま挨拶したそうですね。いくら考えても、座って挨拶をした覚えはなかった。気をつけます。僕はそう答えた。席に戻ると辛いものが食べたくなった。メッセージのグループに、トッポッキが食べたいと連絡を入れた。送るやいなや、チョから返事が来た。通じてたんだ。

僕らは電話でトッポッキを注文してテーブルを広げた。キム・ジェヒョンは、ここからいなくなったんだと思う。向かいに座ったチョが言った。餌《えさ》が減ったことがない。するとジョンウが口を開いた。これ、確実じゃないから言わなかったんですけど、たまに電気を消すと、気配を感じるときがあるんですよ。

それで、僕らは配達員が到着するまで、電気を消して静かに横たわっていた。何も感じとれなかった。かすかにエアコンの音だけがしていた。僕は何度も寝落ちしそうになった。配達員がチャイムを押した時、三人は同時に飛びあがった。トッポッキを食べながらチョが、明日、コオロギを全部放してやるつもりだと言った。もう？　訊き返すと、一か月は経った、と返事が返ってきた。それでも時々は遊びに来てくださいよ。ジョンウが言った。だな。チョが応じた。今日の皿洗いの担当だってことも、忘れないでくださいね。ジョンウがさらに言った。トッポッキを受け取ってすぐに僕らはジャンケンをしていた。今日は僕とジョンウがパー、チョがグーだった。

＊

こんにちは。僕は九〇一号室のおじさんに立ち上がって挨拶をした。クレームが入ってから気をつけて挨拶しているが、挨拶が返ってきたためしがなかった。席に着くとシャツがピチピチで苦しかった。最近、かなり体重が増えていた。ジョンウの家で、普段は口にしない高カロリーな食べ物をたくさん摂ったせいだった。交替の警備員も僕を見て、血色がよくなったと言った。

だから、少し前からスポーツクラブに通い出した。チョはコオロギを放して以降キム・ジェヒョンを探さなくなったし、僕もまた、会社帰りにジョンウの家に寄る代わりにスポーツクラブへ通い始めたのだ。スポーツクラブを出て携帯を確認すると、十回中九回、ジョンウからのメッセージが入っていた。みんな、どうしてます？　退屈してるんですよ。たまに、一人で食事中の画像も上げていた。運動を終えて頭がヘンになりそうなくらい空腹な日には、その画像さえ見るのが苦痛だった。とにかく、ジョンウがこまめに連絡を入れる一方で、チョは一度も自分から連絡をよこさなかった。

困ったヤツめ、と思っている最中にチョの名前が携帯の画面に表示されて驚いた。僕は外に出て電話を取った。メッセージ見たか？　出るとすぐにチョが切り出した。いや、まだ。何だって？　ジョンウが、今朝起きたら、天井にキム・ジェヒョンが張りついてたって。で、捕まえたって？　僕も一緒に前のめりになった。逃しちゃったってさ。えっ？　一瞬で消えたんだと。浴室のドアも閉まってたし、ベランダと窓も閉まってて、流しにも痕跡はないって。キム・ジェヒョンは、俺らとずっと一緒にいたんだよ。チョは、今ジョンウの家に向かっているということだった。僕も夕方行くと伝えた。ありがとう。チョが言った。

仕事が終わって駆け付けると、ジョンウの家は大変なことになっていた。チョとジョンウが、メチャクチャになった部屋の真ん中に倒れていた。キム・ジェヒョンは？　入ってすぐに訊いた。いないんです。ジョンウが返事をした。チョは何も言わなかった。本当に家を引っかき回して探したのに、いません。もうわかんないですよ。ジョンウがまた床に寝そべった。生きてるところを見たってだけでいいよ。もうこういうマネもやめにする。チョが言った。

じっと話を聞いた後で僕が口を開いた。家の中がすっかり引っ越し状態だなあ。みんな、ごはん食べた？　ジョンウは寝転がったままで首を横に振った。引っ越しっていったらジャージャー麺《めん》ですよね。いくらでもおごるから出前を取るようにと僕が言った。ジョンウは飛び起きて、ちょっと待ってくださいね、と引き出しをあさった。あそこの中華料理屋のスタンプを集めてたのがあるんです。うまくいけば、酢豚が無料で頼めますから。

しばらくして、ジョンウが名刺大のクーポンを見つけた。紫禁城、と書かれた真っ赤な紙の上にはスタンプ欄《らん》が十個あったが、スタンプは五個しか押されていなかった。いっぱいだと思ってたのに、全然足りないですね。すると、チョがクーポンを見て、俺んちにも同じやつがある、取ってくると言い出した。うまくいけば合わせられるかもしれないじゃん。

いざ持ってきてみると、クーポンにはスタンプが二個しか押されていなかった。僕たちは諦めてジャージャー麺と酢豚を注文した。スタンプはいまや八個になった。二人とも、なんで一度もウチに来てくれないんですか。ジョンウが割り箸を割りながら言った。運動を始めたんだ。僕が答えた。チョも、あ〜、それな、と言って口を開きかけ、ジョンウと僕は同じタイミングで、いいから、と言った。チョは顔を歪《ゆが》ませると、体調を崩していたと洩らした。どこが悪いんですか？　ジョンウが慌てて訊いた。疲れからくる風邪。真夏に？　なんでボクを呼ばなかったんです？　すぐ上に住んでるのに。なんとなく、と、チョが酢豚を噛みながら言った、我慢できそうだったから。

すっかり食べ終わって、僕らはジャンケンをした。皿は外に出せば終わりだったが、コップが残っていた。チョはチョキ。ジョンウもチョキ。僕がパー。僕たちはしばらく出した手をそのままにしていた。これって、アニキの負けですよね？　ジョンウが驚いたように言った。この前言ってたこと、やっぱ嘘だったんだ。僕は急いで手を引っ込めた。そうして、わざとゆっくりと皿を洗った。食器洗いスポンジをコップの中でくるくるさせているうちに、何が間違いだったか思い出した。二日前の夜勤の時、ドアがたった一度だけ、うっかり開いた。僕はコップを拭く手に力をこめた。コップ三個拭いてるうちに夜が明けちまうぞ。背後でチョが言った。

もう、アイスでもないでしょ。昼ごはんを食べてカフェに並んでいると、前の人が友達に言っていた。その時ようやく、夏が終わったことに気がついた。確かに、数日前からは夕方の勤務時間にエアコンが入らなくなった。僕は戻ってデスクに腰を下ろし、コーヒーを一口飲んで初めて、あの人の言うことを聞かなかったことを後悔した。

今朝、エレベーターのリフォームが終わった。新しくなったエレベーターはまったく僕の趣味ではなかった。扉と、内側の手すりまでもが金色に塗りこめられたエレベーターに乗っていると、金箔シートにラッピングされたつまらない贈り物になった気分だった。そんなことを考えちゃいけない、そう思うほどますますそんな気がした。

今日は、仕事帰りにジョンウの部屋へ行くことになっていた。昨夜、ジョンウがグループのトークルームに画像を一枚アップした。半月前、チョが「今すぐ行く」と送ったメッセージを最後に、連絡が途絶えていたトークルームだった。画像には紫禁城のクーポンカードが二枚並んでいた。拡大してみると、ジョンウのクーポンにはスタンプが八個、チョのクーポンには二個で、合計十個が溜まっていた。アニキたちがいないあいだに、さらに二回出前を頼んだんです。ジョンウが、続けてメッセージをよこした。僕とチョが貢献した部分もあるから、明日の夕方、一緒に酢豚を食べようという内容だった。僕は、行くよ、と返事を送った。朝起きるとチョからも、行くという返事が入っていた。

ジョンウが部屋のドアを開けるなり、僕はまずスイカを床に下ろした。五階までスイカを手に階段を上がっていると、背中に汗がにじんだ。さっき残したアイスコーヒーが恋しかった。なんでスイカなんですか？　ジョンウがスイカを冷蔵庫に入れようとしたが、入らないとわかって部屋の隅に置いた。スイカも食わないで夏を終えるわけにはいかないよ。僕が言った。ところが、実は三人の中で今年のスイカを食べそこねていた人間は僕だけだった。チョは先週親戚の結婚式に行って食べていたし、ジョンウはつい昨日、生ジュースの店でスイカジュースを飲んだと言った。

今回も、メニューは前回と同じだった。ジャージャー麺三つに酢豚の大盛りが一つ。ジョンウが電話をかけているあいだ、僕はチョがやっている携帯ゲームを覗き込んだ。ジョンウがやっていたのと同じゲームだった。変ですね。ジョンウが僕らを見て言った。電話に出ません。僕たちはスピーカーフォンでもう一度電話をかけた。呼び出し音が続いて、音声メッセージに切り替わった。ここ、クーポンにも、年中無休って書いてあるじゃないですか。ジョンウがイライラしたように言った。潰れたんじゃないか？ チョがつぶやいた。ボク、昨日もここから出前とって食べてるんですよ。ジョンウが返した。十分後にまたかけたが、相変わらず出なかった。いいから、チャパゲティ（インスタント食品のジャージャー麺）でも作って食べよう。チョの提案に、ようやくジョンウが携帯を手から離した。

チョはチャパゲティを五袋も作った。チャパゲティは、もともと一つじゃ足りないだろ。チョの言葉は正しかった。三人だと五袋でも不十分だった。僕らはさっそくスイカを切った。ちゃんとした包丁がなくて、果物ナイフとハサミでしばらく手こずった。大体切れ目が入ったところで僕が両手にぐっと力を入れ、スイカを半分に割った。大きな音とともに破片が四方に飛び散った。運動してるだけのことはありますねえ。ジョンウが言った。スイカを割るのにすっかりヘトヘトになってしまったから、みんなで半割のスイカをスプーンでほじくり返して食べた。それほど甘くもなくさっぱりもしなかったけれど、それでも食べがいはあった。

食べながら僕は、二人に新しくなったエレベーターの話をした。床も金色なんですか？　ボタンも？　ジョンウが関心ありげに訊いてきた。黒いボタンを除けば全部金色だと答えた。そのエレベーター、一度乗りに行きたいですね。ジョンウが言うとチョが笑った。エレベーターに乗りにどっかに行くなんて話、初めて聞くな。アニキに会いに行くついでに、乗ってみるってことですよ。ジョンウがスイカをほじくって食べながら言った。ボク、本当に二人には感謝してるんです。二人がいなかったら、今も元カノを忘れられなくて床に横になってましたよ。ボクにとっては恩人も同然なんです。人を一人、大人にしてやったってことか。僕が言うとチョが笑った。

ところでさ、俺、前から聞きたいことがあったんだよ。チョが口を開いた。最後に見たとき、キム・ジェヒョンは何してた？　ただ、じっとボクを見下ろしてましたよ。動かずに？　はい。目だけパチパチさせてました。マネできるか？　僕は、そんなふうに言うチョを見つめた。ふざけている様子は少しもなくて、真剣な表情だった。

ボクがやったって似てないと思いますけどね。ジョンウが笑いながら言ったが、チョはかたくなだった。見たいんだって。一度だけ見せてくれよ。結局ジョンウは、スプーンを置くと目を素早く二度パチパチとさせた。その時僕は、なぜチョがそんな要求をしたかわかった。オウカンミカドヤモリには、瞼《まぶた》がないのだった。チョはいきなり立ち上がった。いつからだ？　いつから、キム・ジェヒョンを見たって騙してた？　食器棚から音がするっていうのも嘘だったのか？　ジョンウは、何の話かと返した。答えずにチョは玄関ドアに向かった。胸クソわりぃ。その瞬間、ジョンウがチョの背中に叫んだ。クソが。オマエら、どっちも、胸クソわりぃんだよ。

僕は階段を降りるチョをつかまえた。アイツが嘘ついてたこと、知ってたのか？　チョの声が四方に響いた。いや、僕も今気づいた。チョは、しばらく何も言わずに立ち尽くした。チョ、一緒にいようか？　外に出る？　僕が訊くと、チョは首を横に振った。そして一人で階段を降り、暗証番号を押して自分の部屋へ入っていった。ドアが完全に閉まってから、僕は階段を降りた。

　バス停に着いて案内板を見上げた。僕が乗るバスは八分後の到着だった。ベンチに腰を下ろしていたが、誰もいないので横になってみた。星一つない真っ暗な夜空が目に入った。突然、このまま朝まで横になっていたくなった。少ししてバスが止まる音が聞こえたが無視した。もう寝転がっていたくないと思うまで寝転がってみるつもりだった。明日は出勤しない。弁当も作らないし、スポーツクラブにも行かない。固く決心して、バスを五台ほど見送った。そうやって寝ようとした瞬間、誰かが耳元で、家に帰って寝なくちゃ、とやさしい声で囁《ささや》いた。僕はびっくりして大きく目を見開いた。きょろきょろ見回したが、周囲には誰もいなかった。

冬眠する男

동면하는 남자

お前さんは、今、死んだの。キャッって言って死んだわけよ。家で、リビングのど真ん中で。冷蔵庫のモーターが回る音、隣の家のドアが開いたり閉まったりする音が聞こえる。それでも、お前さんはびくりともしない、死んでるから。その時、女が入ってくる。

ふらついている女。悪魔のような女。お前さんを殺した女。死んだお前さんの腹の上に腰を下ろして、ジンの一口もすすれるような女が。それから、男が入ってくる。

やさしい男。女をなだめて、おまえさんの腹の上から起こしてベッドに寝かせてやる男さ。そしてふとつらくなって、台所に立って涙を流す男。次の日になったら何事もなかったかのように、女をやさしく起こす男がね。二人は朝食をとって、ダンスを踊って、トリプルショットの濃いコーヒーを飲んで。それから外に行って、また始めるんだよ。殺人、放火、強盗、恐ろしいマネをな。

そしたら、あたしは起き上がって復讐するんですか？　お菓子をつまみながら説明に耳を傾けていたあたしは訊いた。

違うだろ。お前さんは死んでるんだから。

そしたら、あたしはなんで、その女とその男の家に寝てるんですか？

お前さんの役割は、と言ってから監督は少し考えて、こう返した。

フンイキだよ、フンイキ。

二十六回の公演のあいだ、あたしは舞台の床に横たわっていた。目をつむっていても、照明はものすごく明るかった。仰向けになって、悪魔のような女とやさしい男が行ったり来たりする物音を聞いていた。あの女は足の先に力を入れて歩くんだな、あの男は左側の足を少し引きずってるんだな、と心の中で思いながら。

公演中に肩を踏まれたこともあったが、大きなケガにはならなかった。その瞬間小さい悲鳴を上げた以外、あたしは一度も口を開かなかった。うつろに横たわって、監督と交わした約束だけを反芻《はんすう》していた。監督は、死体の役をうまくこなせたら、次は主演にしてやると言った。

二か月が過ぎて、あたしは主演どころか……詐欺師になっていた。前回の公演が完全にコケたために、劇団は破産の危機に直面した。どうにかして劇団を存続させたかった監督は、いったいどうしてそんなことを思いついたかは謎だが、サイトを一つ立ち上げた。メインの宣伝文はこんなフレーズだった。「ハイクラスの役割代行。熟練の専門家があなたの前に現れます」。

つまり、監督はあたしたちに役割代行サービスを提案したのだ。役割代行で資金が集まり次第、演劇を始めようという話だったが、誰も信じていなかった。主演俳優たちは全員いなくなって、照明監督とスタッフ一人、助演男優一人、それにあたしが残った。表には出さなかったものの、みんな頭の中では同じことを考えていた。新しい仕事が見つかるまで、役割代行をするのはきっちりその時までにしようと。

監督があたしたちに与えた最初のミッションは、キムチチゲを食べることだった。監督のお母さんがやっているキムチチゲの店に行って、客のフリをして食べてこいというのだ。最近商売がうまくいっていなくて困っているという話だった。

監督のお母さんって、食堂をやってたんですか？　なのに、なんで今まであたしたちを連れて行かなかったんですか？　あたしは訊いた。それはさ、と監督は口ごもりながら言った。俺が監督になることに反対なんだよ。俺が監督になってからも、監督になるのを反対しててさ。

数日後に一人で訪れてみると、食堂に座っているのは監督のお母さんだけだった。お母さんはあたしを見てそっと席から立ち上がり、注文をとり、厨房に入ってキムチチゲを運んできた。そんなふうにして口にしたのは、驚くほど味気ないキムチチゲだった。文字通り、何の味もしなかった。あたしは、無理やり食事を平らげた。

店を出る前、レジに置かれたハッカ飴《あめ》をトングで取ろうとしたら、容器にあった飴が全部一かたまりになって出てきた。なんとか切り離そうと頑張るあたしを、監督のお母さんはじっと見つめていた。もうすぐ冬なのに、この飴はいつから溶けてたんだろう。結局何もとらずに店を後にした。

家に帰るとジョンスがいた。ピザ残ってるけど、食べる？　ジョンスが訊いてきた。食事はすませたと返事をして、残ったピザを冷凍室に入れた。そして、ピザの箱に描かれた芸能人の顔がズタズタになっているのを発見した。見るまでもなく、テジュンだろう。

ジョンスとあたしが住んでいる部屋は、もとは俳優のテジュンが無名時代に暮らしたワンルームだった。契約のとき不動産屋は、この物件が俳優志願者には幸運の家だと強調し、あたしたちは幸運という言葉にコロっといって、その日のうちに契約を結んだ。二年が過ぎた今、ジョンスは十年続けた芝居をやめていた。そして、テレビにテジュンが出るたびに悪態をついた。

失意に陥《おちい》ったジョンスの慰《なぐさ》めとなったのは、他でもない食べ物だった。半年間でジョンスの体は恐ろしいくらい膨《ふく》らんだ。シャツやジーンズを着たジョンスの姿を、もう思い出すことさえできなかった。少し前から痩《や》せると言っていたが、箱に残ったピザは二切れだけだった。それでもあたしは何も言わなかった。ジョンスとあたしは、半年前に別れたから。

恋が終わっても保証金は残っていた。一つ屋根の下に暮らしながら、あたしたちはもう、愛することも喧嘩をすることもなかった。電気消す？　ああ。その会話が、一日で交わす唯一のやりとりという場合も多かった。呆れたことに別れたその日も、あたしは寝る前に訊いていた。電気消す？　ジョンスが返事をする代わりに電気を消して、あたしたちはその日、真っ暗な部屋の中で、相変わらず手を伸ばせば届く距離で、言葉もなく横たわるうちに眠りについた。

＊

最近、毎日のようにキムチチゲを食べている。キムチチゲは相変わらず味がしないし、ハッカ飴も互いにがっしりくっついて離れないけれど、他に特にすることもなかった。このかんあたしに入ってきた仕事は、すべて電話代行だった。誰かに代わって別れを告げたり、ニセの恋人になって男の親に電話をかけたりした。

意外なことに、一番忙しかった人は照明監督だった。父親の役割代行の依頼が一番多かったのだ。毎日のように両家の顔合わせや結婚式、満一歳の誕生日パーティーにまで出向くので、照明監督はスーツも新調した。だから、初めてまともな依頼が来た時、あたしは、まず服を買うべきだろうかと頭を悩ませた。

依頼人は三十代後半の男性で、親に紹介する女性の代役を探していた。監督が定めたマニュアルにしたがって、まずは依頼人に電話を入れた。彼は電話に出るなり、今すぐ会えるかと訊いて来た。対面での相談は追加費用が発生しますが。あたしは言った。かまわないという返事だった。

二時間後、依頼人とあたしは恵化《ヘファ》駅近くのカフェで顔を合わせた。男を最初に見た瞬間戸惑ったが、それは男が三十代後半どころか、パッと見で五十を過ぎていたからだ。席に座った彼が最初に口にしたのは、親との顔合わせなどそもそもないという言葉だった。男は、本当の依頼内容を電話で言ったら聞いてもらえそうになかったから、やむを得ず嘘をついたと打ち明けた。

話を聞いた瞬間、とっとと逃げ出す方法を頭にめぐらせた。遊興目的の出会いには対応していないと告知しているにもかかわらず、あの手この手を使おうとする男たちはいた。あたしが席を立とうとすると、彼は大慌てで、冬眠の準備を手伝ってほしいのだと言った。冬眠？　冬に寝ること？　意外な単語に、あたしは男の顔を見つめた。そんなふうに始まった話は、次のようなものだった。

男は、若い頃に冷凍倉庫で短期のアルバイトをした。干し菜を十キロ単位でパッキングして冷凍倉庫に運び込む仕事だった。事件は一瞬にして起きた。隅《すみ》にいた彼に気づかずに、管理者がそのまま倉庫のドアを閉めてしまったのだ。

すぐにドアが開くだろうと思ったが、そうはならなかった。まもなく指先とつま先の感覚がなくなって、いつのまにか彼は眠りこんでしまった。倒れている彼が発見されたのは、半月が過ぎてからだった。

ですが、私は目覚めたのです。寝ているあいだにどんなことが起きたのか、私の体は、周りの温度に合わせて刻々と変化するようになりました。簡単に言えば、変温動物になったんです。そう語る男の表情は真剣で、スーツ姿はちゃんとしていた。あたしが返事をせずにいると、男は体温計を取り出した。耳の中に体温計を入れて待ち、測定された温度を見せてくれた。二十八・一度だった。驚かなかった。体温計くらい、いくらでも細工できるはずだった。男は、あたしの信用していない気配を読み取ったのか、体温計をカバンにしまうと姿勢を正して座り直した。

私は、頭がおかしいわけではありません。三十年以上会社勤めもしてきました。お願いしたいのは、ただ私をしっかり埋《う》めてほしいってことなんです。そうしたら、小切手で一千万ウォンを差し上げます。啓蟄《けいちつ》（二十四節気の一つで、太陽暦の三月六日頃。冬眠していた虫が地中からはい出る意）の時にまた来て私を掘り出してくれたら、謝礼もお支払いします。一千万ウォンという言葉にギョッとした。埋めてくれって、どういうことですか？　あたしが尋ねた。男は、言葉の通り自分を土の中に埋めてほしいと言った。顔をのぞいて、それ以外を土の中に埋めてくれと。あたしは腰を抜かした。それって、生き埋めじゃないですか。

　他の人からすれば生き埋めでしょうが、私にとっては違うんです。カエルや蛇《へび》も、土の中で冬眠するじゃないですか。土の中が一番温度の変化が少ないからですよ。あたしが、春に起こすのを忘れたら？　質問した。そういうこともあろうかと、一一九に予約メールを設定してあります。男は余裕たっぷりに答えた。そこであたしは訊くべきことが尽きた。男は、引き受けられないのなら別の代行業者を探すと言った。それで、すると答えてしまった。一千万ウォンだなんて。あたしには拒《こば》みがたい金額だった。

　翌日、男とあたしは、本当に小高い山の中腹に立っていた。地方に行かなければならないのだろうという予想に反して、彼はあたしを弘済《ホンジェ》（ソウル中心部から地下鉄で数駅の、下町情緒あふれる街。付近に高さ二百九十五・九メートルの小高い山、鞍山［アンサン］がある）駅近くの小さな山に案内した。心配いりません、山を登りながら男が言った。ここには誰も来ませんよ。灯台下暗《もとくら》し、ですからね。彼は、道をよく覚えておくようにと言った。途中であたしたちは何本かの木にカラーの紐を結びつけた。赤い紐の次は青い紐。青い紐の次は黄色い紐。最後に黄色い紐を結びつけた木からさらに二十歩左手に進むと、彼が言う場所が現れた。

　ここは、ヘリコプターが飛んできても、木が邪魔して見えないんです。男が言った。数日前に一人でここへやって来て、まる五時間、ひたすら土を掘り返したと言う。同じやるなら冷凍倉庫に入るほうがずっとラクじゃないですか？　そう訊くと、モーター音がうるさくてダメだという返事が返ってきた。なんで、よりによって冬眠なんですか？　一晩寝たら元気になるって言いますよね。私には、一晩よりはるかに多くの夜が必要なんです。男は意外に落ち着いて答えた。

話し終えると男は穴の中へ入っていった。あたしはその上に土をかけた。シャベルの使い方は思ったより簡単だったが、どうしても生き埋めにしている感じがあって、気分がすっかり落ち込んだ。すべて埋め終わって、土の上に頭だけ出している男の姿を見るとゾッとした。

あたしは男の頭を取り囲むかたちでテントまで張ってやった。一人用テントの中で、最後に短いやりとりを交わした。彼がテントの内ポケットを開けるようにと言った。開けると、一千万ウォン小切手が一枚入っていた。じゃあ、来年の啓蟄に会いましょう。男が挨拶をした。土が重いのか、話すのがしんどそうだった。お疲れ様でした。あたしは挨拶をしてテントの外に出た。

一人で山道を降りたが、人っ子一人会わなかった。山を下って地下鉄の駅に向かうあいだじゅう、あたしは、今が明るい真昼であるという事実に驚いていた。

＊

男は今頃凍死しているかもしれない。それが、起きて最初に思ったことだった。変温動物とか二十八・一度とかの話は、はじめから信じていなかった。男は新手の自殺を計画していて、あたしはその手伝いをする見返りに、一千万ウォンを受け取ったのだ。

眠っているジョンスの隣で一時間さらに横になると、あたしはそっと歯を磨き、やはりそっと着替えをして外に出た。地下鉄に乗って、バスに乗り換え、赤い紐、青い紐、黄色い紐、左手に二十歩。そうしてテントのファスナーを開いた。

誰ですか。男がびっくりして叫んだ。あたしです。昨日、おじさんを埋めた者です。どう考えても、これは違うって思うんですよ。体をテントの中に押し込みながら言った。おじさんがこのまま死んだら、あたしは人殺しになるじゃないですか。こっちは冬眠中なんですよ。男が言った。冬眠って、どこが冬眠ですか。バカじゃあるまいし、そんなこと信じると思います？　あたしは声を強めた。信じてないなら、なんで昨日私を埋めたんですか？　一千万ウォンに目が眩《くら》んだんですよ。今朝になって、ようやく正気を取り戻して。こんなふうにおじさんを死なせるなんてできません。あたしは隅にあったシャベルを手に取って言った。また土を掘り返さないと。

頼むからやめてください。私がこの時のために、どれほどたくさんの準備をしてきたか、わかってるんですか？　あたしは無視して土を掘り返し始めた。男が、ダメです、ダメ、みたいな悲鳴を上げたがやめなかった。埋まっていた肩が現れたその瞬間、男は低い声で怒鳴《どな》った。メスブタ、言われた通りにしろや。

埋め戻せ。彼が言った。また埋め戻せってんだよ。あたしの動きが止まった。また埋め戻そうとしているのに手が震えて、しょっちゅうシャベルを空振りした。しばらくして再び顎《あご》のところまで土に埋もれると、男はようやく表情を緩めて目をつむった。もうお帰りください。再び丁寧語になった。あたしは、早鐘のように打ちつける心臓を一生懸命落ち着かせながら、シャベルを置いてテントの外に出た。そしてこらえていた息を吐き出した。ヘリコプターが飛んできても見えないところだった。ソウルのど真ん中だが、どれほど悲鳴を上げても、助けてくれる人のいない場所。そんな場所に、男と二人きりだった。

山を下りるとすぐに商店街が目に入って、恐怖心もだんだんに鎮《しず》まった。すると羞恥心が押し寄せてきて、最後には怒りが残った。ただ、それは過去に何度か経験済みの感情の変化だった。経験するたびに若干の無力感も一緒に生まれたが、結局はうまく乗り越えてきた。あたしは、怒りは鎮まると思っていた。

だから、少し動揺した。ごはんを食べていても、眠っていても、しきりにあの日のことが浮かんでくるからだった。メスブタ、と言っていた男の口の形や、しょっちゅう空振りしたシャベルの動きが、何日経っても鮮明だった。そんなある日の明け方、自分が土をかけながら泣いていたことを思い出した瞬間に我慢がきかなくなって、眠っていたジョンスを揺り起こした。

一緒に、ちょっと山に行こう。あたしが言った。山？　ジョンスが夢から醒《さ》めきらないまま答えた。あたしはジョンスの耳に口を当てて言った。そこに、人が、埋まってるの。どんな人だよ。あたしを、罵倒《ばとう》した人。ジョンスが目を開けた。お前、人を殺したの？　ううん、その人は今、山で寝てる。あたしは、ジョンスにこれまでのことを説明した。あたしが役割代行をするようになったこと、男を埋めたこと、そして今、男に復讐したいと思っていることまで、すっかり。

ジュギョンさ、俺、今混乱してるんだけど、俺らって別れてなかったっけ。ジョンスが体を起こしながら言った。そうだよ。あたしは答えた。なのに突然これって、どういうことよ。そう言うジョンスをあたしはじっと見つめた。百七十七センチで百キロを超え始めたジョンスを。十万ウォンあげる。一緒に行ってちょうだい。あたしが言った。その程度なら、相場に適《かな》う金額だった。

その男は、ナチュラリストなのか？　ジョンスが山に登る前に訊いてきた。そういうのではないと答えた。山で冬眠したいんだって。それで、今は体が土に埋まってるの。それどういうことなんだ、とジョンスがあたしを見つめた。だから……キムチ甕《がめ》（キムチを漬けて貯蔵する甕。発酵・熟成のため、冬場は土深くに埋められる）をイメージしたらわかりやすいと思う。あたしは言った。そして、これ以上はもう訊かないでとも伝えた。

赤い紐が結んである木を見つけて、ジョンスに静かにするように言った。あたしたちは落ち葉を踏む音がしないよう、慎重に歩を進めた。テントのファスナーを開けた時も、男は目を覚まさなかった。ジョンスは、頭を出して埋められている男を見て腰を抜かした。とっくに死んでるんじゃないか？　あたしに耳打ちした。

ジョンスを引っ張ってテントの中へ入った。狭いので、男の頭をあいだに向き合うかたちで腰を下ろした。首をかがめて男の顔を覗き込み、同時にあたしたちは言葉を失った。男は完璧にリラックスした表情を浮かべていた。どんな悲しみもこもっていない、生まれたての赤ん坊のような表情を。あたしは、注意深く男の鼻の下に指を近づけてみた。三十秒くらい経っただろうか、あたたかい息が、じんわりと手に触れた。この男、マジで冬眠中みたい。呼吸がものすごくゆっくりだ。あたしが言うと、ジョンスも手を持っていって、驚いた顔になった。

これからどうする？　ジョンスが言った。まずは起こそう。あたしが答えた。ジョンスは男の耳に口を当てて、ワッと叫んだ。男が悲鳴を上げて目を覚ました。周りを見回してあたしとジョンスに気づくと激しく動揺した。何の用でしょうか？　今は啓蟄じゃありませんよね？　かすれ声だった。

おじさんが、ジュギョンにひどいことしたんですよね。ジョンスが言った。ジュギョンって誰ですか？　あたしです。あたしが答えた。この前のこと、覚えてませんか？　男が顔を顰《しか》めた。こないだのことなんて知らないいし、私は今、眠らなきゃいけないんですよ。途中で何度も目を覚ましたら、本当に危険なことになりかねないんです。謝罪してから寝ればいいんじゃないですか？　あたしが言うと男は深い溜息をついて、と同時にものすごい悪臭が広がった。まもなく男は、あたしではなくジョンスを見て言った。すいませんでした。もう出て行ってください。あたしはとうとう我慢できなくなって、男の顔に唾《つば》を吐きかけた。

大体さ、あんたがなんで唾を吐くわけ？　その日の夜、寝る前にジョンスに訊いた。お前が吐いたから。ジョンスが答えた。お前がそういうことするのは、全部、そうするだけの理由があるはずだから。それは、あたしがジョンスと別れる時に口にした言葉に似ていた。

ジョンスに別れようと言われた時、あたしはわかったと答えた。それだけ？　ジョンスに訊かれてあたしは言った。あんたが別れようって言うときは、全部、そうするだけの理由があるはずだから。ジョンスがその言葉を今まで覚えていたとは思わなかった。

今日あったこと、誰にも言っちゃダメだからね。あたしは話題を変えた。わかった。それからあたしたちは並んで天井を見上げた。先に寝たのはジョンスだった。

＊

監督が何か宣伝でもしたのか、仕事は次第に忙しくなってきた。電話代行もコンスタントに入っていたし、週に三、四回は直接出向かなければならない依頼が舞い込んだ。友人、恋人、やがてクレーマーの客の役まで任された。あたしは、コーヒーに髪の毛が入っていたと大声で騒ぎ立てたり、無理やり難癖《なんくせ》をつけて行政センターの公務員の不親切ぶりを申告したりした。

ライバルのカフェを潰してくれという依頼、九級公務員（日本での国家一般職、地方初級の公務員試験合格者に相当。市民への窓口相談などが業務）に合格した友達が妬《ねた》ましすぎるから、自分に代わって嫌がらせをしてほしいという依頼のせいだった。あたしは、国民申聞鼓《シンムンゴ》（行政の苦情を受け付けるオンライン窓口）にコメントを書き込んで、行政センターにひっきりなしに電話をかけた。その公務員が懲戒《ちょうかい》処分を受けた日に、あたしは謝礼を受け取った。

依頼人には共通点があるんですよ。あたしは監督に言った。監督は、さっきからサイトの依頼掲示板に手を入れているところだった。自分を守ろうとして、他人を傷つける人たちなんです。ジュギョン、それはみんなそうだろうが。監督がモニターから目を離さずにそう言った。改めて考えると、監督の言う通りという気がした。するといろいろ聞きたくなった。なぜ嘘は、つけばつくほど真実味が増すのか。監督も悪夢を見るようになったか。いやそれよりも、監督は本当にまた演劇をする気があるのか。

監督、と呼ぶと、監督はやっと首を回してあたしのほうを見た。人を呼んでおいて、どうして黙り込むんだ。あたしは少しおいてから口を開いた。監督のお母さんの食堂のハッカ飴は、食べてもらうために置いてあるんですよね？　監督はバツの悪そうな笑顔になって、アイツらは食うなよ。食堂の創業メンバーだから、と答えた。


家に帰るバスに乗った。席に座って携帯を確認すると、ジョンスからメッセージが入っていた。今日、遅くなる？　今、家に向かっているところだと返信した。変な話かもしれないが、山に行ってから、ジョンスとあたしは前よりお互いにやさしくなった。

あたしたちはいつ帰るかを訊きあい、先に寝るほうが相手の布団を敷いてあげたりもした。別れて初めてのことだった。あの日あたしたちがしたことといえば、単に山に行って男に唾を吐いただけなのに、不思議と前より近しくなった感じがした。

とはいえ、あたしが一千万ウォンを持っていることをジョンスも知らなかった。あたしは洗顔の途中でも、通帳に記されたゼロが七つの数字を確認しに飛び出した。この一千万ウォンで、明日にでも監督やジョンスのもとを去ることができた。その事実が、むしろあたしをとどまらせていた。

帰ってみると、ジョンスがオムライスを作って待っていた。薄い卵焼きをスプーンで割ると、ケチャップで炒めたご飯が入っているオムライス。付き合っていた頃、あたしが一番好きな料理だった。どうして突然料理をしたの？　あたしが訊いた。なんとなくね。ジョンスが答えた。あたしたちはだまってオムライスを口に運んだ。半分ほど食べた頃、ジョンスが口を開いた。冬眠してる男のことだけどさ、また見に行く気はある？　ううん。だが、口の中にあったオムライスを呑み込んだあとで考えが変わった。ううん、行くかもしれない。あたしは言い直した。

行って何するわけ？　ジョンスがまた訊いた。啓蟄に起こしてやったら、謝礼をくれるって言ってたから。あたしは答えた。お前が起こしてやらなかったら、ずっとあそこにいるのか？　ううん。啓蟄の翌日に、一一九に予約メールを設定してあるんだって。それはともかく、オムライス、本当においしいね。あたしはジョンスが残したオムライスまで全部食べた。

ジョンスは、皿洗いも自分がすると言った。私は断らなかった。代わりに、ジョンスが好きなＩＵのコンサート映像をYouTubeで流してあげた。ところが、最初の曲が終わる手前でテジュンの飲料水の広告になった。五秒間沈んだ雰囲気にはなったが、ジョンスは特に反応を見せなかった。

皿洗いを終えるなり、ジョンスがあたしに訊いてきた。本当に、あの男に会いに行く？　考え中だと答えた。なんでしょっちゅう訊くの？　一緒に行ってやろうと思って？　冗談半分で言ったのに、ジョンスは本気で一緒に行くと応じた。危険かもしれないから、一緒に行く。了解。あたしは何気なく返事をしたが、危険という言葉を聞いた瞬間、悪態を吐いていた男の姿が再び脳裏に浮かんだ。

それで、シャワーを浴びて布団に寝転がってから、あたしは布団を体にぐるぐる巻きつけてジヨンスに質問した。これ、なーんだ。それはもともと劇団の人たちとよくしていた遊びだった。一人が頭に浮かんだことを体で表現して、すると残りの人間が答えを当てるというやり方だった。海苔巻き《キムパプ》？　ブーッ。腸詰《スンデ》？　ブーッ。長いうんこ？　ジョンス、死にたいの？　正解は何なんだよ。冬眠する男。ジョンスが少し笑って、ようやくあたしの緊張はほどけた。

＊

最近、世の中で照明監督のことが一番羨《うらや》ましいんですよ。照明監督にタンブラーをもらってあたしは言った。ひとひらの雪が描かれたタンブラーは、照明監督が昨日、満一歳の誕生日パーティーでお祝い返しにもらってきたものだった。役割代行が始まって以来、照明監督は毎日のようにビュッフェで食べ、高い返礼品をもらってきていた。父親というのが、それほどいいポジションだとは。

今朝だって、照明監督が結婚式に出席してもらってきた石鹸《せっけん》とタオルで洗顔をしていた。そう考えたらムカついてきた。だから、椅子に座って居眠りしていた監督に問いただした。監督、あたしにはどうしてこんな嫌な役ばっかりよこすんですか？　先週もあたしは、面接を受けに行く人にコーヒーをかけなければならなかった。

照明監督さんがビュッフェで食べているあいだ、あたしは悪態を吐かれるばっかりじゃないですか。わかったよ、来週には祝い客の代行を入れてやるから。監督が言った。望んでいるのはそういうことではなかった。あたしは拍手するのではなくて、拍手される役割を任されたかった。そうだったがそれ以上は言わずに、かれらに挨拶をして劇場の外に出た。

　今日の行先はカフェだった。カフェのオーナーが掃除のためにドアを開けていると、そのあいだに客の犬がいなくなったという。ドアを開けていったのはあなただってことにしてほしいんです。オーナーは電話でそう言った。カフェを出るときに、ドアを開けっぱなしにしてしまったと。こちらのミスだとわかったら、カフェを畳まなければいけないのでね。あたしはわかったと答えた。それまでしてきたことに比べればラクな仕事だった。

　カフェに到着すると、依頼人と犬の飼い主がテーブルについていた。犬の飼い主は三十代後半の女だったが、あたしを見ても挨拶をしなかった。あたしは、座るやいなや申し訳なかったと口にした。カフェのオーナーが冷静に説明をした。うちのカフェの常連さんが、うっかりしちゃったんですよ。直接謝りたいとここまで来てくださったので、どうか、お許しいただけませんか？

　女の返事はなかった。あたしはうなだれていた顔を上げて様子を窺《うかが》った。女は窓の外ばかり眺めていた。カフェのオーナーのほうを見た。オーナーも、女の様子をチラッと見て肩をすくめた。本当に、申し訳ありません。あたしがもう一度言った。今度も女は反応しなかった。その状態で十数分が流れた。

　ウッ、ウッ。突然女が、口を閉じたまま妙な声を出し始めた。ウッ、ウッ、ウッ。うめき声のようでも、首を絞められて出す声のようでもあるその奇妙な音を、女はずっと出し続けた。依頼人とあたしは思わず見つめ合った。しばらくそうしてから女が言った。ジャガイモは、うちに来た時から、すでに声帯手術を受けた状態でした。だから、すごく怖い時も、出せる声はこれだけなんです。また静寂が流れて、遠くから車のクラクションが聞こえ、誰かを呼ぶ声がした。ある瞬間、女が言った。もう行ってください。

家に帰る前、あたしはコンビニに立ち寄って、ジョンスが好きな輸入ビールを四缶買った。ちょうどビールが飲みたかったところだとジョンスは喜んだ。あたしたちは、えびせんをつまみにビールを飲んだ。ホットカーペットがあまりにあたたかくて、あたしは飲んでいる途中でごろんと横になった。するとジョンスも寝転がった。あの男のことだけど、春に起こしに行こうかなって。あたしが言った。冬眠する男？　うん。唾を吐いたのに謝礼よこすかな？　謝礼のためじゃないよ。行かないとずっと気にかかりそうだから。あたしは体を起こしてビールを一口飲み、また横になった。そうか、じゃあ一緒に行こう。ジョンスが言った。

あたたかい床に横になっていると、凍りついた体が溶け出した。ねえ、ジョンス。なに。これ、なーんだ？　あたしは手で口を塞《ふさ》いだまま、ウッ、ウッ、ウッと音を出した。犬？　ブーッ。ネズミ？　ブーッ。人質？　ブーッ。正解は何なんだよ？　あたしは教えてあげなかった。

*

監督に、今週は仕事を休むと伝えた。何かあったのかと訊かれた。何もありません。あたしは答えた。なあジュギョン、俺がわざとお前さんに嫌な役ばっかり振ってたわけじゃないぞ。電話を切る前に監督が言った。わかってます。あたしはそう返事をした。

仕事、辞めたの？　仕事を休んで三日目、ジョンスが言った。ううん。なのに、なんで家にばっかりいんの？　冬休みだよ。あたしが答えた。ジョンスは返事を返さずにアルバイトへ行った。冗談で言ったんじゃないのに。子どもの頃も、大人になると長い休みがなくなるのがいつも怖かった。だから自分に長い休みをあげることにした。

横になって歌詞のない曲を聞いていたらお腹が減って、カレーを作った。カレーは、食べるより作る過程のほうが楽しかった。硬い野菜を長いあいだ煮込んで柔らかくするのは楽しかったし、そうしていると寒かった部屋の中もあたたかくなった。あたしは静かな部屋でカレーを食べた。

だいぶ前、ジョンスの日記帳を盗み読みしたことがあった。一緒に暮らし始めたばかりの頃だった。ジュギョンはときどき、寝言を言う。それを聞いていると。日記はそこで止まっていた。その続きが、ずっと気になっていた。ときにはすてきな文章が浮かんだ。もっと好きになる、布団をかけてやりたくなる、いい夢を見ているらしい。ときには嫌な文章が浮かんだ。憎たらしくなる、息が詰まる、死にたくなってくる。そのことを考えているだけで一晩明かせた時期もあった。あたしはカレーをスプーン一杯分も残さずに、きれいに平らげた。

長い休みの六日目には皿洗いをして、床を拭いて、口笛を吹いた。前にジョンスから教えてもらった言葉のせいだった。よくない考えが浮かんできたら、世界で一番長い口笛を吹いてごらん、と。そしたら、全部きれいに忘れられると言われた。

口笛を吹いている途中で出かけることにした。六日ぶりに靴を履いた。ところが、いざ外に出ようとすると行先が思い浮かばなかった。しばらく悩んだ末に、あたしはキムチチゲの店に向かった。

待ってたんですよ。監督のお母さんはあたしを見るなり言った。前にあたしが忘れていった物があるという話だった。お母さんはレジの奥からキラキラした赤いリボンのヘアピンを出して、あたしに握らせた。お礼を言ってヘアピンを髪にさした。学生さんに、本当によくお似合いですね。お母さんが言った。

キムチチゲは相変わらず味気なかった。監督のお母さんのキムチチゲは、来年も、十年後も変わらず味気ないんだろうと思うと気がラクになった。食べ終わると、お母さんはデザートにみかんをくれた。あたしは星の形に剝《む》いたみかんの皮をテーブルの上に残して店を出た。

家に帰ると、ジョンスが頭に何をさしてるんだと言った。ヘアピンじゃん。あたしは答えた。そういうの、嫌いだったろ。ジョンスが続けた。今日から好きになることにした、と返した。でも、浴室に入って鏡を見ると、ヘアピンばかりが目についた。外してゴミ箱に捨てようとしたら、ゴミ箱はとっくにいっぱいだった。口笛競争をして負けた人がゴミを捨ててこようよ。浴室を出てジョンスに言った。口笛競争って何だ？　どっちがより長く口笛を吹けるか賭けるの。今週はジュギョン、お前がゴミ当番じゃないっけ？　じゃないよ。

しかしあたしが負けた。ジョンスがこんなに口笛を長く吹けるとは思わなかった。あたしはゴミ袋を二つ持って外に出た。ジョンスから借りたダウンが、大きくてあたたかかった。ゴミを捨てて戻る途中、凍えた手をポケットの中に入れた。すると、皺《しわ》くちゃのレシートがいっぱい指に触れた。ジョンスはよく、服のポケットにゴミを突っ込んで入れっぱなしにしていた。洗濯前にポケットの中をチェックするのは、いつもあたしの役目だった。

あたしはレシートを出して眺めた。腸詰スープ、六千五百ウォン。バッカス、八百ウォン。おにぎり、千二百ウォン。おにぎりのレシートはなんと半月前だった。だが、レシートのあいだにクーポンが一つまじっているのが目に入った。ジョンスに、「やさしさ」という名前のカフェのそのクーポンには、スタンプが八個も押されていた。ジョンスに、彼女ができたのかな。

ワンルームのアパートの入り口で、あたしはクーポンに目を落とした。スマイルマークのスタンプが八個。あと二杯飲めば、ジョンスは飲み物の種類に関係なく、一杯無料で飲むことができた。クーポンの下の段には、カフェの住所と電話番号が小さく入っていたが、なんとなくその住所に見覚えがあった。どこだっけ、考えているあいだに、アパートの入り口のセンサーライトが消えた。

なんで男を見に行ったのよ？　玄関ドアを開けると、すぐにあたしは言った。寝転がって携帯を見ていたジョンスがあたしを見上げた。ライトの消えたアパートの入り口で思い出した。ジョンスが行っていたカフェの場所は、冬眠する男を埋めた山の近くだった。家から地下鉄に乗って、バスに乗り換えて、それからさらにしばらく行かないと、現れない場所。

本当に理解できないんだってば。あそこに、なんで行ったの？　一人で行ったわけ？　ジョンスの返事がないのでさらに畳みかけた。ジョンスは、一人で行ったと答えた。行って何したのよ？　ただ、起こしただけ。あんな遠いところまで、ただ起こしに行ったっていうの？　ジョンスはしばらく押し黙ってから言った。不公平じゃん。そして、低く落ち着いた声で続けた。俺らはさ、冬のあいだずっと寒くて、風邪ひいて、家賃払って、光熱費払って、冬の服を買って、仕事しなきゃなんないのに、あの男は寝てるじゃないか。仕事してるとあの男の顔が浮かんできてたまんねえのに、どうしろってんだよ。

テジュンの演技にチェックを入れる時と同じような口調で、ジョンスはそう言った。ジュギョン、お前だって、だから唾吐いたんじゃないのかよ？　しばらくたってからあたしは口を開いた。眠らずにそうやって起きてたら、死んじゃうでしょ。いや、起こすたびに飲み物をやってたよ。ジョンスが答えた。カフェのクーポンに押されていた八個のスタンプのことが頭に浮かんだ。地下鉄に乗って、バスに乗って、山に登って男を起こすジョンスの姿を想像してみた。頭だけ出している男に飲み物を飲ませるジョンスを、そんなマネを八回も繰り返したジョンスを。

あたしは靴を履いたまま部屋にあがって荷造りを始めた。何してんだよ。訊かれたが答えなかった。洗面道具と服を何枚か入れた状態で外に出た。ジョンスはあたしを引きとめたり、追いかけたりはしなかった。

タクシーに乗って劇場に向かった。バッグの中には、監督から前にもらった劇場の予備の鍵があった。タクシーの中で一一九に通報メールを送ったあとで、あたしは携帯の電源をオフにしてしまった。雪も降っていない冬の夜更けだった。窓の外を眺めると、通りには葉が落ちて寒々しい木々と青白い街灯、寒々しい木々と青白い街灯、寒々しい木々と青白い街灯。

運転手が、不法駐車している車のせいで路地に入るのは難しいと言った。あたしはタクシーを降りて路地の奥へ進んだ。七歳の時、前の家の女が車のヒーターをつけっぱなしにして寝ていて亡くなった。あたしは大人になるまで、夜中に停車中の車を見るたびに、死体が入っているんじゃないかと怖くなった。

ドアを開けて地下にある劇場へ降りた。灯りの消えた劇場は、目の前にかざした手のひらも見えないくらい真っ暗だった。監督はそれを利用して、消えていた照明が灯った瞬間に、悪魔のような女を観客席から登場させた。観客からは悲鳴が上がったし、あたしはそういう場面だと知っていながら毎回驚いた。

劇場の照明をつけっぱなしにして、マフラーを枕に舞台の隅に横たわった。ポケットで何かがごつごつしているので、取り出してみるとヘアピンだった。あたしはまた髪にさして考えた。ヘアピンの持ち主は誰だったんだろう。あたしと同年代の子だったんだろうか。その女の髪の長さはどれくらいだろう。考えるうちに怖くなって、悪魔のような女でもいいから、入ってきて腹の上に腰を下ろしてくれればいいのに、と思った。ジンでも一杯引っかけながら。

アラスカではないけれど

알래스카는 아니지만

一　乳酸菌飲料《ヤクルト》のストロー

ゆうべ、アラスカの夢を見た。氷河とオーロラが美しく輝く様子を思い出すために、私は少しのあいだ目をつむっていた。しばらくごろごろしてから起き出してカーテンを開けようとしたところで、足の裏に鋭い痛みを感じた。あっ、声が出るのと同時に床にしゃがみこんだ。足の裏を覗き込むと、血が小さな玉を結んでいた。

　床を見ると、小さな物体がつんと突き出ていた。手でつまむのも難しいくらいのサイズだった。ピンセットを持ってきて、指に力をこめて引き抜くと、現れたのはなんとストロー。乳酸菌飲料を飲む時に使うような、細くて白っぽいストローだった。見ればストローが二本、透明なテープでつなげられていて、長さも結構あった。いったいなんで、床にストローが刺さってるんだ？それも二本も？　長いストローを手に首をかしげたが、とりあえずは足の裏に絆創膏《ばんそうこう》を貼ることにした。

＊

私は、四年間小さな会社で経理として働いていて、今年のはじめにクビになった。社長は、私が人と交われないことが問題だと言った。次の職場では、同僚と一緒にランチでも食べてみるようにとも言っていたが、ちゃんちゃらおかしい。新たに就いた職業で、同僚と食事をする機会はこれっぽっちもなかった。今から一か月前、私は殺し屋になった。

殺し屋になった理由は、ひたすら復讐のためだった。私にはもともと、かけがえのない存在が二人もいた。名前はソンチョルとビョンチョルで、サバ柄《がら》の野良猫きょうだいだった。二人は私の唯一の友達で家族だった。一か月前に野犬二匹が現れて、目の前で二人を噛みちぎるまで、私は三年間一日も欠かさず二人のための食事を用意した。事故の翌日に町内の山を探し回ってソンチョルの遺体は発見できたものの、ビョンチョルはとうとう見つからなかった。

復讐を夢見るようになってからすべてが変わった。プー太郎は殺し屋になったし、スケジュール帳は計画日誌に、ソウルの端にあるオフィステル（住居としても使える事務所）は秘密基地になった。ソンチョルとビョンチョルにあげるために大量に購入していた干しタラは、私の主食になってしまった。朝がくるたび、熱々のタラのスープを飲みながら、私は復讐への決意を新たにした。

皿洗いをしている最中に玄関のチャイムが鳴った。どちらさまですか、と尋ねると、下の家の者だと返事が返ってきた。ドアを開けると、真冬なのにショートパンツ姿の女が立っていた。もしかして、ストロー、見ませんでした？　女が私に言った。細くて白っぽいストローのことですか？　私は訊き返した。そうそう、そうです。どこで見つけました？　床に刺さってたんですけど。女性は、だと思った、と言うと、申し訳ないが床を確認していいかと訊いてきた。つい、どうぞと返事をしてしまった。

女は、床にしゃがみこんで穴を覗き込んだ。手で穴に触れて、携帯電話で画像も何枚か撮った。穴からストローが突き出しているって、どうしてわかったんですか？　私は質問した。あたしが開けた穴だからです。ストローも、あたしが刺したんですよ。動揺して、私は彼女をまじまじと眺めた。なんで、そんなことをしたんです？　それが、話すとちょっと長くて。

女と私は食卓に向かい合わせに座った。始まりは、粉だったんですよね。女が言った。ある日、女がベッドに横になっていると、正体不明の白い粉が顔の上に落ちてきたという。よく見ると天井に小さな傷があって、粉はそこから落ちているようだった。家に虫がいるのだろうか、このオフィステルは手抜き工事で建てられたものなんだろうか。さまざまな考えが頭をよぎったが、大したことないとすぐにやりすごした。だが次の日も、その次の日も、粉はずっと降り続けた。顔についた粉をはたいている途中でふと、ある事実に気がついた。女がベッドに横になっていない時、粉は一つも落ちてこないということにだ。ただもう彼女がベッドに横になって天井を見ている時にだけ、粉はぱらぱらと穴からこぼれ落ちた。

わかりますよね？　いきなり女が訊いてきた。何が、ですか？　あたしがじっと見てたから、天井に穴が開いたんですよ。女は、自分がどれだけ天井に穴を開けられたかを確かめるため、ボールペンを突っ込んでみたと言った。ボールペンは入らなかった。箸《はし》も綿棒も入らなかった。だがストローを刺すと、すぐにするする入っていき、穴が塞《ふさ》がっているところで止まった。それから彼女は、暇に任せて穴にストローを押し込んでみた。天井を見るたび確かに少しずつ穴は伸びていって、こんなふうにストロー二本が私の部屋の床を貫通するまでに丸三か月かかったということだった。

頭はぶっ飛んでるけど、指はすごくきれいだな。女を眺めながら私は心の中で思った。話している時、女は指でコーヒーカップをいじる癖《くせ》があって、そのたびに左手の人差し指と中指に入ったクラゲ模様のタトゥーが、遊泳でもするみたいな動きをした。女は、穴の開いた床を弁償すると言った。いいです。ストローだけ刺さないでもらえれば。私が答えた。ずっと弁償するといって聞かない女との押し問答の末に、女から一枚の名刺を受け取った。じゃあ、タトゥーをしたくなったら下に来てください。タダで入れてあげますから。私は、黒い名刺にタトゥーイストと書かれた女の名前を確認した。女の名前はユーと言った。

二　吾輩は猫である

ユーが帰ってからも、私は冷めたコーヒーを飲みながら床を覗き込んでいた。埃《ほこり》程度の大きさの穴だが、深さは三十センチメートルを超えていた。いったい何を使って穴を開けたんだろうと思いながら、人差し指で穴を塞いでみた。この部屋にあふれかえっている秘密と敵意が、洩《も》れ出さないように。

殺し屋になって、私の生活はシンプルになった。毎朝タラのスープを飲んだら空き地に行ってかけっこと射撃の練習をし、時には野犬たちの本拠地の山を捜索して、家に戻る。そのうち最も重要なのはかけっこだった。野犬の追跡には、速く走れることが何より大事だった。走っていると足の裏にマメができたし、肺が張り裂けそうになる瞬間があった。そのたびに、自分が猫であるという事実を何度も思い返した。

冗談ではなかった。誰も気づいていないが、私は実は猫だった。ソンチョルとビョンチョルが、私にその事実を教えてくれた。いつだったか一度、二人のごはんを用意している途中で、わっと涙があふれ出したことがあった。会社員生活がひときわ手に負えなく感じられた日だった。同僚のあいだでうとましがられ、昼休みのたびに気を遣って食事をしなければならず、社長の暴言はだんだんに耐えがたくなっていた。

家に帰ろうとすると、ソンチョルとビョンチョルが私の前に立ちはだかった。手を振り回しても離れずにニャンニャン鳴いていたが、不思議なことに、その日に限って二人の話している内容が聴き取れた。猫たちは私にこう言っていた。スヨン、あんたがしんどい理由はね、あんたが人じゃなくて猫だからなんだよ。ほらほら、あんたはあたしたちのことを理解してるじゃないか。仲間外れになること、一日に数十回数百回と逃げ回る暮らしがどんなものか、あんたはわかってるじゃないか。

その言葉を聞いた瞬間、塞いでいた心がパッと晴れて、すべて理解できた。会社の人たちとうまくやれないのは、私が猫だからなんだ。事実を知ってすべてが変わった。翌日から私は、会社で社長が口にする不快な冗談に笑わなくなり、お昼の時間になると一人でごはんを食べた。私がおかしくなったという噂を流している同僚の車に、釘《くぎ》で引っかき傷を作ったりもした。猫に鋭い爪が必要な理由が、あの時初めてわかった。徹底的に一人になったが、以前のように落ち込みはしなかった。いじめと寂しさは当然のことだった。身の毛もよだつ人間たちのあいだで、私は唯一の猫なのだから。その事実を受け入れると、これまでのどんなときよりも心が安らいだ。

たとえあれが、ソンチョルとビョンチョルの話を理解した最初で最後の日だったとしても、そんなことは何の問題にもならなかった。猫同士は言葉にしなくても、いつでも心が通い合った。二人は、地球上で唯一、私と感情を分かち合う存在だった。その子たちを奪い去った野犬を、私がどうして許せるだろうか。

この一か月、山に捕獲用の機械を仕掛けていたが、野犬たちは引っかからなかった。もはや自分で直接捕まえる以外に手はなかった。リュックを開けると、退職金を全部はたいて買った麻酔銃一挺が入っていた。ソンチョルは死んだとしても、ビョンチョルは生きているかもしれない。これで野犬どもを生け捕りにしてビョンチョルの生死を聞き出すのだ。返事を聞き出してから、あいつらがソンチョルとビョンチョルにしたマネを、そっくりそのまま仕返ししてやるのだ。

復讐が終わったら、私はアラスカに旅立つつもりだ。信号機よりも氷河のほうが多いところ。永遠に融けないという万年雪がきらきらしているところ。そこで、残りの時間を人間ではなく、猫でもなく、氷として生きていきたい。氷はどんなことも考えないし、何も必要としない。そこがよかった。人間から猫にもなれたのだから、猫から氷になれないはずがあるだろうか……。

三　穴と秘密

数日ぶりに覗いてみると、穴は前より広がっていた。もう細くて白いストローではなくて、普通のストローも入りそうだった。私はすぐに下の家へ降りて行った。穴がだんだん広がってるんですけど。ドアが開くなり私は言った。

とりあえず上がってください。ユーが答えた。ここ、店舗兼自宅なんです。ユーの部屋は壁ごとにタトゥーの図案がびっしり貼られてごちゃごちゃしていた。ユーが黒いパーテーションをどかすと、奥にシングルベッドが一台あった。彼女はベッドに上がって天井を覗き込んで言った。確かに、広がってますねえ。

今日から、頭と足の位置を変えて寝てみますよ。ユーが続けた。本当に、見ていたせいで穴が開いたと思ってるんですか？　他の原因を探ったほうがいいんじゃないでしょうか？　おずおずとそう尋ねると、ユーがきっぱり、その必要はないと言った。あたしが穴を開けたのは確かですから。ユーの表情があまりに毅然《きぜん》としているので、思わず私も肯《うなず》いていた。途中、彼女の手首に入った大きなタトゥーが目に入った。ひょっとしてそれ、ストローですか？　訊くとそうだと言う。記念すべき出来事ですから。他人の部屋の床に穴を開けておいて、恥知らずなもんだ。私は心の中で考えた。そのさなかにもユーは本当に枕を足のほうへ移動させていた。黙ってユーの姿を見ているうちにバツが悪くなって、私は部屋に戻らざるを得なかった。

しかし、想定外の問題がもう一つあった。夜、寝ようと横になると、ファーッ、フヒヒーッという奇声がしょっちゅう聞こえてくるのだった。はじめは幽霊かと怖くなったが、集中して聴いてみると下の階からだった。タトゥーを入れるときに人々が出すうめき声が、穴を通って聞こえてくるらしかった。我慢に我慢を重ねて、目の下のクマが顎《あご》の先まで広がったある日の朝、私はまたコートを羽織った。

チャイムを押してしばらくしてから、ユーは浮腫《むく》んだ顔で出てきた。寝てるんなら出直します。いいんです。どうしたんですか？　音のせいです。夜に、穴を通って音が洩れてくるんです。ユーは、騒音のことはまったく考えていなかった、気をつける、と言った。私はうなずき、それから用意してきた言葉を口にした。タトゥー、予約したいんですけど、いつならできますか？　ユーは目ヤニを取りながら言った。今すぐでもできますよ。

実は、ユーにタトゥーの話を言われたその瞬間から、左手首に小さな氷河のタトゥーを入れたいと思っていた。氷河を見るたびいつでもアラスカを、私が最後に到着するはずのその場所を、思い浮かべることができるだろうから。数千年を経たアラスカの氷河の中に何が閉じ込められているか、知る人はいなかった。死体や難破船、ひょっとしたら巨大な森が閉じ込められているかもしれない。すべての秘密を閉じ込めたまま、固く凍り付いた氷河。私も、ソンチョルとビョンチョルのことを胸に閉じ込めたまま凍り付きたかった。ユーはあっという間に氷河の絵を描いて、転写紙を押し付けたかと思うと剝《は》がして、するとすぐに氷河の模様のインクの跡が手首に残った。インクが乾くのを待っているあいだ、ユーと話をした。聞けば同い年だったので、タメ口にした。この人は誰？　机の上に置かれていた写真を見て私が訊いた。写真の中で、ユーと似た雰囲気の男が明るく笑っていた。あたしの恋人。ユーが答えた。でもこの人には、あたしの他にも恋人がいるんだ。

ユーが男に告白した日、男もまたユーに、自分には恋人がいると告白した。知ってて付き合ったわけ？　その人を失いたくなかったからね。ユーがなんでもなさそうに言うので、私は驚きを表に出さなかった。他人にその話をするのは初めてだとユーは言った。私が穴のことを知っている人間だから話せるのだと。

施術を受けているあいだは話をしなかった。苦痛はまあ我慢できるもので、二十分もしたら手首に氷河が刻まれていた。白くて小さな氷河を、私は一目で気に入った。ありがとうと礼を言って出ようとすると、ユーが待ってと言って上着を羽織った。三階に煙草《たばこ》を吸いに行くんだけど、一緒に行こ。私、煙草は吸わないんだけど。じゃあ、黙ってそばにいてよ。

結局、ユーについて三階へと降りていった。オフィステルの三階には、別棟に渡れるよう設《もう》けられた屋外通路があった。ユーと私は通路の欄干《らんかん》に寄りかかって外を見下ろした。歩道には裸の木々が並び、二車線の道路の上を車がちらほら通り過ぎた。ああ、冬はいいな。通りにも木にも、さらにスペースが生まれる季節。冷たい風に吹かれていたらシンプルな気持ちになって、私は大きく息を吐き出した。私の息とユーの煙草の煙が、似た形でもやもやとほどけていった。

彼氏の話を聞いて、驚いたよね？　突然ユーが言った。少しね。私は答えた。あたしにも、それが良くないことだっていうのはわかってるんだ。わかってるから、誰にも話さなかったの。ユーが下を見つめながら言った。ユーには悪いが、やはり私には人間の心が理解できなかった。なぜ人間は、悲しみを買って出るんだろう。買って出なくたって、世の中に悲しみはあふれているのに。

あたしが穴を開けたって、信じてる？　そう訊かれたときは、よくわからないと返事をした。ひょっとしたらユーが穴を開けたのは事実かもしれない。実は私が猫であるのと同じように、世の中には説明のつかないことだって起きるだろうから。ユーが煙草を吸い終わってからも、私と彼女はうんざりするまでじっと立って、外を眺めていた。

ユーがどんな手を使ったのか、その晩は奇妙な声が聞こえてこなかった。数日ぶりに訪れた静けさになじめなくて、寝ようと横になっていた私は再び起き出した。浴室から一番柔らかいタオルを二枚持ってきて円筒形に畳むと、眠くなるまで手で撫《な》で続けた。自分でもわかっていた。今触っているのはタオルで、タオルには何の意味もない。にもかかわらずしてしまう、奇妙なマネ。丸めたタオル二つをかき抱いた夜、愛することはなぜこんなにたやすいのか、なぜこんなに難しいのかと考えているうちに、私は眠りについた。

四　今年の夏、水辺では何事も

今日、タラスープの塩加減はちょうどよく、かけっこは記録を短縮し、射撃訓練も成功裏に終わった。もはや、すべての準備が整ったと私は自信を深めた。あとは、復讐を遂行する適当な日付を決めさえすればよかった。復讐が終わったら、即オフィステルの保証金をつぎこんでアラスカへ出発する予定だった。

家に戻る途中でメッセージが一通届いた。スパムメールだろうと思ったらユーだった。メッセージには、何の説明もなしに地下の駐車場へ来いとだけ記されていた。駐車場に降りるとすぐに、ここっ、と呼ぶ声がした。音のするほうへ行くと、ユーが黒いマリブの横に立っていた。来週が誕生日なので、自分へのプレゼントに車を買ったという。一緒にドライブに行こう。中古車だけど状態はいいよ。ユーが言った。

状態がよくないのはユーの運転能力だった。道路に侵入した瞬間、四方からクラクションが鳴った。聞けば、かなり前に免許を取得して以来、初めての運転だという。ユーが運転するあいだじゅう、私は決して助手席のグリップから手を離さなかったが、当のユーは落ち着き払った表情で運転席に座り、信号待ちのときは人差し指でハンドルをトントン叩く余裕まで見せた。そのせいで、最初に会った時見かけたクラゲのタトゥーが目に飛び込んできた。ユーの指の動きにあわせて、ゆったりと泳ぐクラゲたち。そういえば、アラスカにもクラゲは住んでいるだろうか？　考えている途中で首を横に振った。

いま、どこに向かってるの？　出発から二十分が過ぎた頃に訊いた。あたしもわかんない。ユーが答えた。私たちは一瞬顔を見合わせた。しばらくぐるぐる回っていたユーが、前に恋人と出かけた湖畔のカフェを思い出した。ユーの運転の実力はさんざんだったし、中古のマリブのヒーターからは腐ったチーズのにおいがしていたが、気分は良かった。都会の夜の街が、ものすごく美しかったからだ。年末を迎えた街並みは、クリスマスのイルミネーションでどこもかしこもきらきらしていた。明るい光の中、熱した電球に全身を覆われた木々は、気の毒だけど美しかった。

紆余曲折《うよきょくせつ》の末にたどり着いたカフェの入り口には、これまでご愛顧くださり誠にありがとうございました、と書かれていた。ユーと私はそれをだまって覗き込んでから、カフェの前の湖畔を歩くことにした。歩きながらユーは、前に来た時の話をしてくれた。その時は梅雨時期だったから湖が増水して、湖面は今よりずっと高かったという。その日、ユーと恋人はやさしい時間を過ごして、湖畔を歩きながら軽い冗談を飛ばし合ったが、ある瞬間、ユーは恋人を湖に突き飛ばしてしまいたい衝動に駆られた。そうしないために握りこぶしを作ったが、あまりに強く握りすぎたせいで爪が手のひらに食い込み、傷ができたと言った。バカみたいだよね？

私たちはしばらく立ち止まると、闇に沈む湖を見つめた。バカみたいとは思わない。私が言った。誰かを殺す想像をすることくらい、いくらでも可能だった。七星《チルソン》サイダー（一九五〇年から販売されている国民的炭酸飲料）は一秒間に三十三本売れるっていうし。断言するが、その数よりはるかに多くの人間が、毎分毎秒、誰かの心の中で死んでいるはずだ。それは、まったくもって何でもない出来事。今年の夏、水辺では何事も起きていなかった。私はユーと違う。想像で終わらせないのだ。本当に捕まえて、本当に殺すのだ。

この前恋人が、あたしも別な人と付き合ったらどうかって、言ってきてさ。ユーが口を開いた。そうしちゃいなよ。私は本気で言った。ユーは返事をする代わりに、隣にあった葦《あし》を折って湖に放り投げた。すると、思いがけないことが起きた。ユーが投げた葦を餌《えさ》と勘違いした魚たちが集まってきたのだ。暗い水面《みなも》の上に、小さな口がパクパクしているのが見えた。不思議なことに、その様子を見てユーと私はこの上なく気持ちが塞いだ。ちくしょう、魚たちがあまりに必死すぎる上にちくしょう、あまりに寒すぎるんだよ。私たちはコートのポケットに手を突っ込んだまま、急ぎ足で車に戻った。帰る途中にゆっくりと降り始めた雪が、到着する頃にはしんしんと降りしきっていた。家に無事到着できたのは奇跡だった。

五　お誕生日おめでとう、ところで

ユーと次に会ったのは、それから一週間後のユーの誕生日だった。そのあいだにものすごい大雪になって、私はひたすら雪が解けるのばかりを待っていた。雪に覆われた山道では、野犬の追跡が困難だったからだ。そうこうしているうちにユーの誕生日になった。会おうと言われて、今度も私は拒《こば》まなかった。

ユーに言われた時間にケーキを持って訪ねると、家の中には見たこともないクリスマスツリーが置かれていた。恋人がくれたという話だった。きれいだね。私はツリーを見上げて言った。嘘つかないでよ。ユーが、同じようにツリーを見上げながら言った。本当に嘘だったから私は黙り込んだ。狭い家に対して、ツリーはあまりに大きすぎたし野暮ったかった。ネットで注文したから、こんなに大きいと思わなかったんだって。ユーは、クリスマスが終わったらすぐに捨ててしまうつもりだと言った。

私たちはケーキを取り出すと、テーブルを挟んで向かい合った。ろうそくを吹き消す前にユーが目を閉じて願い事をしたが、どんな願い事かは聞かなくてもわかる気がした。私はユーに誕生日プレゼントを渡した。これって何？　呪いの人形。自分のも買ったんだ。ユーのものとそっくりの見た目の藁《わら》人形を、バッグから取り出して見せた。プレゼントがこれってどうよと言いながらも、ユーは熱心に使用説明書に目を通していた。説明書にはこう書いてあった。一、呪う相手を思いながら針で人形を刺す。二、呪い終わった人形は、家から遠く離れた場所へ捨てる。針がついてないけど？　ユーが言った。針は、この家にさんざん散らばってるでしょ。私は答えた。

私は野犬二匹を、ユーは彼氏の恋人を思いながら、タトゥー用の針で人形を刺した。数日前に雪が降ったの、見た？　ユーが人形を刺しながら訊いてきた。もうすぐ滅亡するってくらい降ったよね。ユーは、大雪のせいで施術の予約が次々とキャンセルになったと言った。地球って、本当に滅亡するかな？　私が人形を刺しながら訊き返した。当然でしょ。いつ？　もうすぐ。ユーの言葉を聞いていると、明日にでも地球が滅亡する気がした。地球が終わりになったら、ソンチョルとビョンチョルにまた会えるだろうか？　考えを巡らすうちに、アラスカには今も六メートルの雪が積もっていることを思い出した。その事実を知ってから、私は、いつの日か韓国にも六メートルの雪が降りますようにと願っていた。

六メートルの雪が積もったら、すべてが停止するだろう……いつもせわしいソウルも、やむを得ず動きを止めてしまうだろう。ソンチョルとビョンチョルを失った時に理解できなかったのは、世の中が変わることなく回っているという事実だった。あの頃、私は夜が明けても心が痛かったし、日が落ちてからも心が痛かった。せめて六メートルの雪が解けるまでだけでも動きが止まったら、世の中を許す気持ちが芽生えるかもしれない。そんなどうしようもないことを考えながら、私は藁人形に何度も何度も針を刺した。誰かを憎む心が自分の毒にもなるというのは本当だろうか？　擦《す》り切れるくらい人形を刺すと、私は、過去のどんな時より心が軽くなった。

呪い終えてテーブルにつっぷしていると、ユーから身支度をするようにと言われた。なんで？　人形を捨てに行かなきゃならないでしょ。今、捨てに行くの？　当然でしょ。あんた、今晩この子と一緒に寝られる？　私は手に握っていた人形に目をやってから、おとなしく服を着た。

私たちはできるだけ遠いところに人形を捨てに行くことにした。問題は案の定、ユーの運転能力だった。車線変更にさんざん失敗した末に、ユーは高速道路へ進入した。このまままっすぐ行ったら釜山《プサン》だって。私が標識を見てつぶやいた。そこまで行く気はないとユーが言った。

いずれにせよ、真夜中の高速道路はいいな。静かな道路を走りながら私は思った。ユーが一九九〇年代と二〇〇〇年代の曲をかけた。ビョン・ジンソプ、キム・ヒョンチョル、ヤダにフラワー（いずれも、一九九〇〜二〇〇〇年代のあいだに国民的ヒットを飛ばした歌手やグループ）まで。突拍子もない選曲だと思ったが、聞いてみると悪くなかった。どういうわけか、ユーは猫でもないのに、一緒にいると心が安らいだ。少ししてユーが、なんでそんなに見てんの？　と訊いてきた。何でもない。そう答えた。

ずっと走っているとサービスエリアが現れた。私たちは、そこが人形を捨てるのにふさわしい場所だと考えた。サービスエリアの円形のゴミ箱に人形を捨てると、そのまま帰るのがもったいなくなって、屋台でおでんを買い食いした。呪いは通じるかな？　ユーがおでんをほおばりながら言った。そのうちわかるでしょ。私が答えた。どういうわけか私たちは共犯者みたいな悲壮感に包まれていたが、とはいえ寒さには勝てず、腕をさすりながらおでんを二本ずつ食べた。

ユーがトイレに行ってくると言った。先に車に戻ろうかと思ったが途中で気が変わって、しばらく歩くことにした。遅い時間だったからサービスエリアの人影はまばらだった。今夜、このままずっと走り続けたらどうだろう。ロードムービーに出てくる向こう見ずな主人公たちを思い浮かべながらサービスエリアの裏手に進み、そこであるものを発見して足を止めた。停まっている乗用車の下に、見慣れた二つの目が光っていた。近づいた瞬間、私は直感した。

ソンチョル。乗用車の前に駆け寄ってしゃがんだ。車の下で私と見つめ合っている猫は、確かに死んだソンチョルだった。ソンチョル、ソンチョル。私はずっと名前を呼び続けた。ソンチョルは私を見ても車の下から出てこようとしなかった。私はどうしていいかわからなくなって、野犬に復讐するつもりであることを口走った。本当だよ、私が代わりに復讐してあげるから。雪がすっかり解けたら動くつもり。すると、ソンチョルが初めて口を開いた。雪ガ解ケテ、三日モ経ッテル。耳をすましてどうにか聴きとれるくらいの、小さくかすかな声だった。一瞬私は言葉を失った。全部説明するから。出てきて話をしよう、ソンチョル。お願い、一度でいいから顔を見せてよ。気を取り直した私が膝《ひざ》をついて哀願しても、ソンチョルが再び口を開くことはなかった。私は乗用車の下を覗き込んだ。携帯を取り出してライトで照らしまでしたが、そこには誰もいなかった。

どれくらい長いあいだそこにいただろうか。やがてユーが現れた。どこかケガしたの？　地面にへたり込んでいる私を見てユーが叫んだ。ケガはしてない。私が答えた。ずいぶん探したじゃん。なんで電話に出ないのよ？　ユーが手を差し出して私を起こしてくれた。暗闇の中でも、ユーの鼻先が冷えて赤くなっているのが見えた。ごめん。迷っちゃったの？　うん。私は嘘をついた。帰りの車中でユーはずっと話しかけてきたが、私は短い返事を返すだけで会話を続けようとしなかった。気を悪くしたのか、まもなくユーも押し黙った。

ユーには申し訳ないけれど、頭の中はソンチョルのことでいっぱいだった。私がつらかったのは、ソンチョルが知っていたからだった。いつからか私は、復讐を先延ばしにしていた。積もった雪を言い訳にして、足の痺《しび》れを言い訳にして、他にもつまらない言い訳をこしらえながら。私は自分でも知らないうちに、ソンチョルのことを切り捨てていた。他の誰でもない私が、ソンチョルを。

六　アラスカ

人通りの少ない明け方は、野犬たちの活動時間だ。私は早朝四時に起床すると薄い服を何枚か重ね着して、スニーカーの紐をしっかりと結んだ。サービスエリアでソンチョルと出くわしたすぐ翌日から、本格的に計画に着手した。毎日山に登り続けて、今日で七日目だった。

明け方の山は暗く、急勾配で滑《すべ》りやすかった。何回も転んだ末、今では適応できるようになった。私は、山の中腹にサバ缶を置くと近くの木の陰に身を隠した。ここからは時間との闘いだった。このままずっと待ちぶせしていて、野犬が現れた瞬間、麻酔銃を撃てばいい。地面の冷気がゆっくりと体を這いあがってくる時刻、寒さに歯が鳴る音が洩れてしまいそうで、私は奥歯を嚙み締めた。そんなふうにこらえているうちに、突然ユーのことが頭に浮かんだ。

復讐に集中するため、ここ何日かユーとの連絡を絶っていた。昨日の夜は玄関チャイムも鳴ったが、居留守を使った。電話に出たり、ドアを開けたりしたくなるたびに、私は手首の上の氷河に目をやった。溶け出しそうな心が、再び固く凍りつくように。何も考えないように。

そんな努力にもかかわらず、山中で姿を現さない野犬を待っていると、ユーが、ユーの顔が、ユーの理解できない悲しみが、頭に浮かんだ。必死に考えを振り払おうとしていた時、はるか向こうにかすかな気配を感じた。慌てて息を殺し、音のするほうを睨《にら》みつけた。薄暗い中でも、ゆっくりこちらへやって来る生き物の輪郭は見えた。一週間待って、とうとう野犬が一匹、初めて姿を見せたのだ。ヤツは、缶詰の前に近づくと一瞬あたりをうかがって、それから夢中で食べ始めた。その姿を見守っているあいだ、私の血は静かに沸いていた。白い体に茶色いしっぽ。ソンチョルとビョンチョルを襲った二匹のうちの一匹だった。

確信を抱いた私は、落ち着いて野犬に照準を定めた。正確に、ヤツの後ろ脚に当てなければいけなかった。下手に心臓や頭に当たった場合、野犬は死にかねない。幸い、野犬は至近距離にいて、注射器は正確にヤツの後ろ脚に突き刺さった。突然の痛みに驚いた野犬は後ずさりすると、自分が来たほうへと全速力で走り出した。私も歯を食いしばったまま野犬の後を追った。麻酔銃を打たれた野犬が逃走可能な時間は、ざっくり見積もって五分から十分。その短い時間のためだけに、空き地を数千数百周走ってきたのだ。追われていると気づいた野犬は、ますます険しい道に逃げ込んだ。耳元を鋭い風がかすめた。木の枝が腕と顔を引っ搔《か》いた。かまわず私は走り続けた。

最後は見失ったが、狂ったようにくまなく周囲を探した結果、落ち葉の山に倒れた野犬を発見することができた。麻酔の効いている野犬が氷点下の気温に晒《さら》され続けると命の危険があるから、私は野犬を背中に担《かつ》いだ。ビョンチョルの生死を聞き出すためには、野犬を家に連れて行くしかなかった。

しかし、野犬を背負って下山するというのは決していい思いつきではなかった。家に着く頃には、あまりにしんどすぎて吐き気がした。私はまず、意識が戻っていない野犬をケージへ閉じ込めた。大きな体格に比べて野犬は軽く、長いあいだ飢えていたのか、息を吸うたび瘦《や》せた腹にあばら骨が浮き上がった。だからといって同情したりはしなかった。ソンチョルとビョンチョルの首筋にひと思いに食らいついていた姿を思うと、今すぐ殺したって気は晴れなかった。私は一瞬も目を離さずに見守った。野犬はなんと、二時間後に目を覚ました。

野犬は私を見ると同時に低い唸《うな》り声を上げた。前傾姿勢をとって歯をむき出しにする姿に、思わずたじろいだ。改めて腰をかがめ、野犬の目を見つめて言った。あんたの仲間はどこよ？　もう一匹いるでしょ。すると野犬は、ケージが揺れるくらい激しく吠え続けた。「アッチ行ケ」。

私は、あらかじめ用意してあった毛の塊《かたまり》を取り出すと、ケージの前面から押し入れた。ソンチョルとビョンチョルをブラッシングした時、ブラシについた毛を集めておいたものだった。ソンチョルが死んだことはわかってる。ビョンチョルはどうしたの？　私は質問した。野犬は毛の塊のにおいをかぐと、再び唸り始めた。

野犬の目の前に注射器をかざした。中には致死量の麻酔薬が入っていた。あんたの仲間はどこ行ったのよっ？　我慢できずに叫ぶと、すぐに野犬も、私から目をそらさず吠え返した。「死ンダ」。私はもう一度冷静に毛のかたまりを押し込んで訊いた。ビョンチョルも、死んだの？　こらえようとがんばったけれど、声はこれ以上ないくらい震えていた。野犬がさらに一度吠えて、それと同時に私はケージのドアを押し開けた。野犬が、さっきとまったく同じ声で吠えたのだ。嘘つかないでよ。ビョンチョルは逃げきったんでしょ。山を全部探し回ったたって、ビョンチョルはいなかったんだから。私は野犬の首根っこをつかんだまま叫んだ。その時、何か硬いものが手に触れた。よく見ると、ごわごわになって固まった毛の合間に、細い首輪が埋《う》もれていた。

少しひるんだが、その程度のことは知らんふりをすればそれでおしまいだった。私は片手で野犬の首根っこをつかんだまま、もう片方の手で脇腹近くに注射器を押し当てた。意外にも、野犬は注射器をかわそうとしなかった。私を噛んだり、抵抗したりということもなかった。首根っこをつかまれたまま、じっと私を見つめるだけだった。その体に注射針を刺さなきゃいけないのに、まったくもってそうしなきゃいけないのに、野犬と目が合った瞬間、私の手は固まってしまった。

本当は、ビョンチョルも死んでいるとなんとなくわかっていた。わかっていたから、こうやって復讐でもしていなければ耐えられそうになかった。ところが、いざとなったら目の前の野犬を殺せないなんて。殺すこともできず、放してやることもできず、泣きながら野犬の首根っこをつかんでいたときだった。突然ゴロゴロと音がしたかと思うと、地震でも起きたみたいに床が揺れた。気がつけば、家の真ん中にこぶし大の穴が開いていた。急いで野犬の首から手を離して穴を覗き込んだが、穴の向こうは、驚いたことにアラスカだった。

雪が積もったアラスカの真ん中に、ユーはミイラのように横たわっていた。天井が崩れ落ちて、白いセメントの粉がユーの家の中をすっかり覆いつくしていたのだ。どうしたの？　穴からユーに叫んだ。彼氏と別れた。ユーが答えた。待ってて、今行くから。私はそう言うと、目の前の野犬に目を移した。興奮のあまり、息を整えるのに時間がかかった。野犬は、いつでも自分を殺せばいいという態度で片隅《かたすみ》に伏せていた。そんな野犬を眺めていると目が合った。野犬も私も目を逸《そ》らさず、しばらくお互いを見つめ続けた。私は長い溜息をついた。思い通りになることは何一つなかった。

野犬を家に残してユーのところに行っても大丈夫だろうか。少し迷った末に、私は野犬を連れていくことにした。首輪に紐をつなぐと即席のリードができた。リードを作っているあいだ野犬はおとなしかったし、完成したリードを引っ張ると、意外と素直に体を動かした。非常階段を通って野犬と一緒に下の階へ降りた。真っ白な粉をかぶったユーがドアを開けてくれた。犬、飼ったんだ？　ユーが野犬を見下ろして言った。自分の犬じゃなくて野犬だよ。私は答えた。

ユーをソファーに座らせて、何があったか訊いた。彼氏を尾行しているうちにバレたの、とユーが言った。先週ずっと、ユーは睡眠薬を飲んでも眠れなかった。彼氏との連絡が次第に途絶えがちで、そうなるほどにユーは不安を抑えるのが難しくなった。ある日、ふらりと彼氏の家の前まで行き、彼氏が別の恋人と一緒にいるのを見て、気がつけば後をつけていたという。どうしてバレたのよ？　途中で私が訊いた。運転してて、うっかり彼の車に追突しちゃってさ。ユーはその場で別れを告げられ、家に戻って前と同じように天井を見つめ始めた。すると、すると。

穴が開くとわかっていてもやめられなかったと、ユーが言った。私は平気だと言いながらユーの頭と肩に積もっていたセメントの粉を払ってやった。あんたと話したかったのに、連絡がつかなかったんだもん。ちょっと、いろいろあってね。そうみたいだね。ユーは野犬を見て言った。野犬は、いまやユーの家で腹ばいになっていた。あんたの犬、におうね。私の犬じゃないってば。

私たちはソファーに並んで座ると、穴の開いた天井を見上げた。穴の向こうに見覚えのあるテーブルの脚が見えた。呪いの人形のことだけどさ。ユーが口を開いた。考えてみたら、効果はあった気がするんだよね。彼氏がいなくなったから、彼氏の恋人もいなくなったわけでしょ。ユーは話しながら粉のせいでしきりに咳こんだ。最後のほうは言葉より咳が出るほうが多かったが、二人とも家を掃除しようとは思わなかった。すっかり白く覆われた家の中で、二人掛けのソファーにユーとぴったりくっついて座っていると、どういうわけか自分たちがアラスカの雪山の遭難者のように思えた。私はユーの肩に頭をもたれた。

　これまでのことをユーに打ち明けようか、今すぐにでも野犬を追い出そうかと悩んでいると、雷鳴と共に天井がさらに一度崩れ落ちた。驚いた野犬が慌てて体を起こして周囲を歩き回り、天井から音がしなくなると、隅へ行って丸くなった。雪のように真っ白な床に丸くなる野犬は橇《そり》犬のようだったし、セメントの粉をかぶったツリーは、一見小さな氷河に見えた。犬も、猫も、人間も、それぞれの思いにふける静かな夜。私は何もかも先送りにして空中に浮遊する白い粉を見つめながら、今夜こそは六メートルの雪が降るだろうな、と思った。

カーテンコール、延長戦、ファイナルステージ

커튼콜, 연장전, 라스트 팡

最期に誰かに言い遺したい言葉があるとすれば、それは「急がば回れ」だ。急いで食べれば胃もたれするし、急いで荷造りをすれば何か忘れるに決まっているし、急いで死んでしまったらまともに死ぬこともできないから。冗談のように聞こえるだろうが事実だ。昨日の夜更け、私は急いで死んでしまったせいで、この世をさすらうことになった。

*

雨の降り方が尋常じゃなかった夜更け、煙草《たばこ》を買いにコンビニへ向かっていた時のことだった。家からすぐそこだと思っていたが、昨日みたいな日は話が違った。激しい雨にあっという間に服がびしょ濡れになり、道路が水浸しでしょっちゅうサンダルが脱げた。履き直した瞬間、目の前がピカッと光って、想像もつかない痛みが後頭部を襲った。こうこうと灯りのともったコンビニを前に、私は地面に倒れた。

気がつけば、あたりは真っ白だった。ぼんやり立っていると、誰かが足元から挨拶の声をかけてきた。ご機嫌いかがですか？　驚いて下を見ると、そこにいたのは灰色の一羽の鳩《はと》だった。あなたは、二十四時間前の昨夜一時五十分頃にお亡くなりになりました。鳩は厳《おごそ》かな口調で言った。死因は頭部損傷。豪雨と強風により落下した中華料理屋の看板が、頭を直撃して亡くなったんです。ああ、あの中華料理屋。私はゆっくりと記憶をたどった。どうりで、あの中華料理屋が最初から気に入らなかったわけだ。店の外に積み上げられたタマネギの山をネズミが齧《かじ》っているのを目撃して以来、一度も足を向けていない場所だった。

じゃあ、私って幽霊なんですか？　私が訊いた。残念ながらそうですね。鳩が答えた。一般的には死亡と同時にこの世を去るが、急死の場合に限り、この世での最後の時間が与えられるのだと鳩は説明した。あまりに自分の死が受け入れがたくて、この世を去るのを拒《こば》む幽霊のために作られた規則ということだった。

今から二十四時間すると、お臍《へそ》にボタンができます。それを三秒以上押せば、いつでもこの世から消えることが可能です。百時間したらボタンを押さなくても自動的に消えるので、心の準備が整ったときに押すのが一番よろしいでしょう。親しい人たちに最後の挨拶をしたり、普段夢見てきたことをやってみたりしてください。説明を終えた鳩は、質問はあるかと言った。

ここって、天国なんですか？　違います。人間の言葉はいつ覚えたんですか？　伝書鳩として働いていた鳩は、通信の発達によって職を失ったが、便りを伝達するという特性を生かしてあの世の使者になったと話した。人間と話せる能力は、その時に生まれたものですね。鳩が言った。私はこんな渦中《かちゅう》でも、再就職に成功した鳩をすごいと思った。自分が生きているあいだに一度も成し遂げられなかったことを、鳩は二度もやり遂げたのだった。

物思いに耽《ふけ》っている私に、再び鳩が声をかけてきた。簡単に申し上げれば、急死された方向けに提供される、死後のアフターサービスなんです。残り時間を確認したい時は左手首をご覧ください。その言葉に左側の手首へ目を落とすと、数字の一〇〇が書かれていた。時間がなくなるにつれてだんだんに体が透明になっていって、最後はパパバッ、と消えることになります。

消えた後はどこへいくんですか？　申し訳ありませんが、それについてはわかりかねます。鳩が答えた。私はしばらくためらってから言った。でもですね、今説明していただいたことは全部理解できるし、聞いていて自分が死んだことも十分納得がいきましたんで、今すぐ消えるっていうのじゃ、ダメですかね。鳩は首を横に振って、最低二十四時間は残るのが規則と言った。私は返事をする代わりに短い溜息をついた。

どちらの場所で百時間をスタートされますか？　特に行きたい場所はないと答えた。決めるのが難しいようであれば、死ぬ直前までいらした場所へ戻ることになります。鳩の言葉に、私は無気力に肯《うなず》いた。

周囲が次第に暗くなっていった。顔を上げると鳩は姿を消していて、私は狭い路地に戻っていた。怖いくらい降っていた雨が上がった後だった。死んだのは二十四時間前だと言っていたから、今は翌日の深夜一時五十分なんだろう。手首に目をやると、残り時間は九九：五九に変わっていた。私は地面にしゃがみこんで、自分が死んだ場所を眺めてみた。私の死体を発見した人って、誰だったんだろう？

街灯の光の下《もと》で自分の痕跡を探そうと頑張ったが、黒いアスファルトの上には何もなかった。

少しして、自分が死んだ場所の上をオートバイが一台、通過していった。オートバイが路地の角を曲がって姿を消すまで見送った。速いなあ、速いね。ソウルから私の死が忘れられる速度は、深夜のバイク便くらい速い。もっとも、ソウルは人を惜《お》しいと思わない都市、人一人くらいどうってことない都市だから。同じ理由で、私はソウルが好きでもあった。

*

そんなわけで、私は幽霊のままこの世をさすらうことになった。いつか煙草のせいで死ぬだろうと思ったことはあったが、それがこういう形だとは。人には何が起きるかやっぱりわからないし、それは死んでからも同じことだ。私にとっては奇妙極まりない一日が与えられたことになる。コンサートで言ったらカーテンコール、野球で言ったら延長戦、ゲームでいったらファイナルステージあたりか。

百時間まるまる残る気は最初からなかった。二十四時間が経ってボタンができたら、すぐに押してしまおうと思っていた。問題は、それまでの時間すら、どう過ごしたらいいか途方に暮れることだった。家に行こうかと思ったが、ゴミ捨て場と変わらない室内を思い出して首を振った。このまま朝まで待って中華料理屋の店長の後頭部に一発お見舞いしようかとも思ったが、いいや、もういい。

暗い夜道を歩きながら、死ぬのに適当な場所を考えてみた。いや、死ぬのはとっくに死んでるわけだから、完全に消えるのにふさわしい場所はどこだろう。最初に頭に浮かんだ候補地は、五つ星クラスのホテルのスイートルームだった。しかし、いくら五つ星ホテルとはいえ、一日中部屋にこもっているのはうんざりだった。二つ目の候補地は海辺。静かな海辺に寝転がっているうちに消えるというのもよさそうだったが、今は休暇シーズンだからかなりの人出のはずだった。最後に思いついたのは63ビルディング（韓国の高度経済成長のシンボルともされる、地上六十階、地下三階の超高層ビル。壁面に24金でコーティングした特殊ガラスが使われ、金色に輝くことで知られる）だった。いまだに、すてきな場所といえば63ビルディングが頭に浮かんだ。かつて、全国民が誇りに思っていた、巨大なゴールドバー。しかし、もはや中途半端でつまらないものになったという点で、私と通じる部分があった。そう思うと、63ビルディングにも行きたくなかった。

　かつて私は、私を誇りに思っていた。たくさんのアルバイトを掛け持ちして自分の食い扶持を稼ぎ、時間はかかったけれど大学も卒業したから。でも、この二年間就職活動に失敗し続けて、私の世界はだんだん狭くなっていった。狭くなった領土に、恋人や友人たちの居場所はなかった。私は、ちゃんとした挨拶もせずにかれらを手放した。安定した住居が姿を消して、バランスのいいメニューも姿を消した。消えていくものさえだんだんつまらなくなって、やがて髪の毛の量や規則的な生理周期、毎週末の朝に見ていた映画や応援していた野球チームが姿を消した。

　最後には志望理由書も消えた。いつの日からか私は、志望理由書の代わりに遺書を書くようになった。死んだ日の夜も、私は遺書を書いていた。それから、拳一つぶんくらいしかない窓の向こうで雨が降るのを眺め、隣の部屋の騒音に耳を傾け、煙草を買いに出た道で、落ちてきた看板に頭を打たれて死んだってわけだ。誰かが私のノートパソコンを開けたら、志望理由書のファイルに入った数百枚の遺書を発見するだろう。

しばらく歩いて到着した場所は、昔いきつけにしていた近所のカフェだった。消えるのに適当な場所ではなかったが、頭に浮かんだのはここだけだった。閉まっていたので、とりあえずテラス席に腰を下ろした。向かいに密集する建物の合間に、大きな電光掲示板が一つ光っていた。深夜でも、電光掲示板にはさまざまな広告が流れていた。炭酸飲料、ブランドバッグ、もうすぐ公開になる映画……などなど、私とは関係のなくなったものたちがハイスピードで流れていった。寄生生物が登場する映画は一週間後の公開らしいが、その頃私はここにいない。そう思うと、自分が死んだという事実に改めて実感がわいた。

少なくとも一日は過ごさなければならないという規則は、だからできたんだな。どういうわけか寂しい気分になって、私は椅子に体を預けた。今頃、私のお葬式が進んでいるのだろうか？　家族には連絡が行っただろうか？　結構前に縁《えん》を切っているから、電話番号は見つからないと思うんだけど。

ややこしいことは生きている人間に押し付けたまま、私はテラスに座ってひたすら夜明けを待ち、ようやく夜が明けた時には驚いて失神しそうになった。明るい陽射しの下で見る私の体は、無彩色だった。死と同時に、体にあった色がすべて抜けてしまったらしかった。皮膚に透けて見えた血管も、指にあった指紋も、もう見あたらなかった。死ぬことは死んだらしいな。私は一人でつぶやいた。

まもなく、カフェのマスターが到着した。私はマスターの後についてカフェの中に入り、彼がテーブルを拭いてコーヒーを淹《い》れる姿を見物した。記憶の中の彼は親切な人だった。暇なときはレジで座って、静かに本を読んでいた人。彼が淹れたコーヒーを飲めないという事実が残念だった。

それでも、久しぶりに訪れたカフェは同じようにすてきだったし、人に見えないおかげで安心して人間観察をすることができた。私は、ラジオでも聞くみたいにカフェの人々の会話を盗み聞きした。そのうちに見えないものが見えたりもした。愛や敵意、死の衝動といった人間の感情が。

私が死んでからも人は相変わらず恋に落ちていたし、誰かを憎んで、時には死にたがっていた。そういう気持ちって、どうして尽きることなく続くんだろう。考えたらすぐに気が遠くなりそうになって、とっくに死んでいるのにもう一度死にたくなった。

午後には、コンサートチケットの入手に失敗した女子二人が隣に座った。二人は、今日の夕方のコールドプレイ来韓コンサートの話をしていた。またチャンスあるよね？　ボブカットが言った。ないね。ロングの子が答えた。死ぬ前には、見られるんじゃない？　ないね。今からでも、ヤミのチケット探してみようか？　百万ウォンっていう話だよ。その言葉に気が抜けたのか、ボブカットはテーブルにつっぷした。そして、チケット入手失敗の原因、チケット入手に成功していたなら、チケット入手の秘訣《ひけつ》などについて、絶え間なく話した。

私は音楽にとりたてて関心はなかったし、コンサート会場に行ったこともなかったが、その子たちの「失敗と成功」「たった一度きりのチャンス」という言葉が、しょっちゅう耳に入って来た。そんなにすごいコンサートの会場に行ったら、何かを成し遂げた気分になるだろうか？　カフェに座っているのもだんだん飽きてきたところだったので、私は席から立ち上がった。

＊

コンサート会場までは地下鉄で行くことにした。幽霊になれば空を飛び回るとか、壁を通り抜けるとかができると思っていたが、そういう恰好いいことはまるで起きなかった。代わりに、空いていた優先席に座ることができた。道中はコールドプレイという名前があちこちから聞こえてきて、電車が総合運動場駅に到着すると、ほとんどの乗客がそこで降りた。

人込みに押されながら出口に向かっていた時だった。どこかから、助けて、と叫ぶ声が聞こえた。通路を進むほど声は次第に大きくなっていったが、周囲で反応している人は誰もいなかった。人にはこの声が聞こえないのか？　私はあたりを見回して声のする場所を探した。声の出どころは、地下鉄通路の突きあたりにある倉庫だった。中を覗いたが、掃除用品が積み上げられているだけで誰もいなかった。引き返そうとしたその時、また女の声がした。誰かいるの？　あたしの声、聞こえる？　声のするほうを見ると、「故障」というメモが貼られた大型掃除機があった。

今度は話す掃除機か。思わず独《ひと》りごとを言うと、返事が返ってきた。話す掃除機じゃなくて、掃除機の中に閉じ込められてるの。慌てて幽霊なのかと訊くと、そうだという。いったい、どうやってその中に入ったのよ？　私が訊いた。幽霊は昨日の夕方、駅の中を歩いていて清掃員に出くわしたと言った。さして気にも留めずにすれ違おうとした瞬間、清掃員が幽霊のほうに掃除機を突き出し、そのものすごい吸引力によって幽霊は掃除機の中へスーッと吸い込まれた。と同時に、幽霊を吸い込んだ掃除機は動かなくなったという。

幽霊を引っ張り出そうとしたが、巨大な円筒形の掃除機はびくともしなかった。私は力を使い果たして掃除機の横にへたりこんだ。開かない。私が言った。みたいだね。掃除機が答えた。中にいて、つらくない？　うん。ただ、正体不明の紙くずやガムの包み紙、髪の毛のゴミなんかとくっついているのが耐えがたいと掃除機は言った。

昨日の夕方、違う幽霊が来たんだけど、時間がないからってそのまま行っちゃったんだ。掃除機が言った。人のために使うには、百時間って短いからね。私が答えた。掃除機は、それはそうだよね、と言うと、コンサートに行く途中かと私に訊いた。どうしてわかったの？　でなきゃ、なんで幽霊たちがこぞってここに集まってくるのよ？　私は少し白けた気分になって、人って死んでも考えることは似たり寄ったりらしいね、と口にした。

すると掃除機は、自分にはコールドプレイを見るよりもはるかに重要なことがあると言った。あたしはステージに立ちたかったの。七年間アイドルの練習生をしたのに、デビューもできないで死んだんだもん。その言葉を聞いて、どうしても幽霊を引っ張り出してやりたくなった。また立ち上がって掃除機を開けようとしたが、今度も失敗だった。

いいよ、もうコンサートに行って。掃除機が言った。あんたはどうするのよ？　どうしてもダメだったら、消えればいいんだし。掃除機は平然と答えた。しばらく悩んだ。コンサートを見られないことは別に構わなかったが、残りの時間を倉庫で過ごしたくはなかった。コンサートが終わったら、また来るよ。私は掃除機に約束した。あたしの代わりにステージに立ってちょうだい。掃除機が言った。がんばってみると返事をして、私は倉庫を後にした。手首を確認すると、残り時間は八十五時間。二十四時間が経過するまで、あと九時間残っていた。

到着したコンサート会場は人でごった返していた。私は長い列を通り抜けてまっすぐ二階へ上がると、手すりに寄りかかって人々を観察した。何かをやり遂げたような気分にはならなかった。巨大な競技場が人で埋《う》め尽くされている様子を見ていると、むしろ現実感がなくなった。この大勢の人たちは、みんなどこから来たんだろう。ステージに設置された巨大なスクリーンでは、カウントダウンが始まっていた。

スクリーンの数字がゼロになると、ステージの照明がついてコールドプレイが登場した。歓声とともに応援のペンライトが波のように揺れ、観客たちの頭上には紙吹雪《ふぶき》が舞った。興奮する人人の合間で、私は静かに雪を受けながら立っていた。コンサートは始まったのに、私の中では何も起きなかった。うきうきしたり、興奮したりしなかったし、もっと言えば何の感慨もわかなかった。目の前でステージを見ていながら、ものすごく遠いところで起きる出来事を眺める気分だった。

ただ、あらゆる色の照明に染まるステージと観客を見ていて、あることに気がついた。私は腕をゆっくりと前にかざした。照明の赤い光は、私の腕に触れた瞬間消えた。他の照明も同じだった。どんな色の照明が当たっても、私の腕は変わることなく闇、真っ黒な闇だった。暗い腕を見つめて、華やかな光に染まるステージと観客たちを見て、最初の曲が終わる前にコンサート会場を抜け出した。

わざわざ訪れたのは、再び地下鉄の駅だった。掃除機のところに行こうとしたが、倉庫のドアが閉まっていて入れなかった。私は通路のベンチに腰を下ろして一時間以上待ち、清掃員が倉庫のドアを開けた隙に中へもぐりこんだ。倉庫は真っ暗でうまく色の見分けがつかず、やっと気持ちがラクになった。

清掃員が出て行ってから、ノックでもするみたいに二回、掃除機を叩いた。誰ですか？　掃除機が驚いた声を上げた。私だよ、また来るっていったじゃん。当然口先だけだと思ってたから。コンサート、もう終わったの？　うん。私は嘘をついた。どうだった？　あんなもんかな、って感じ。騒々しくて、華やかで。私がごまかしていることに気づいた掃除機が言った。あんた、コンサート見てないでしょ？　私は見たと言い返したが、すぐに一曲目の途中で出てきたと打ち明けた。

なんで？　なんとなく妙な気分だったから。あそこで何か考えちゃダメなんだよ。私は返事をせずに、空中に漂っている埃《ほこり》ばかり見ていた。掃除機の言うとおりだった。コンサート会場では何も考えちゃいけなかった。私はあそこで、人が生きていることが、それも、並外れて生きていることが怖かったし、自分が死んだという事実が初めて怖くなった。ボタンがあったらその場で押してしまっていただろう。しばらく静寂が流れたあとで、掃除機が口を開いた。次にドアが開いたら、ここから出て行って。実はあたし、もう何時間も残ってないの。私は、そうする、と返事を返した。

小さな倉庫の中で、よくわからない夜が過ぎようとしていた。ジェットコースターに乗っているみたいに、しきりに心がアップダウンした。せいせいしたようでいて寂しく、不安でいて安心だった。こういうときは、やっぱり何も考えないほうがいいんだろう。私は掃除機に寄りかかって座った。しばらくして掃除機が、また来てくれてありがとう、と言った。

＊

掃除機は、十五キロ痩《や》せたらデビューさせてやると所属事務所に言われて、死ぬ気でダイエットして死んだ。死んだ掃除機は事務所に行って、歌っている練習生の口を手で塞《ふさ》ぎ、踊っている練習生の足首を取ってしがみついた。痩せろと言った社長の顔にはパンチを食らわせた。当の相手は瞬《まばた》き一つしなかったが、掃除機は二日間ずっと、ベストを尽くしてかれらを苦しめた。最初から、そこまでする気はなかったんだけどね、と掃除機が言った。あたしのお葬式が終わる前から、振り付けを新しく変えてたんだ。五人のフォーメーションから、四人のフォーメーションに。よくやったよ、と私は言葉をかけた。

あんたは、生きているときどんな仕事してたの？　掃除機に訊かれた。とっさに私は会社員だったと答えていた。なぜそんな言葉が出たのか自分でもわからなかった。どうして死んだのかという二番目の質問にも、過労死だったと嘘をついた。人のために、なんでそんなに一生懸命やったのよ。掃除機が言った。だよね。

二日間閉じ込められてて、息が詰まらない？　私は話題を変えた。平気。あたし、想像するのが得意なんだ。掃除機が言った。何を想像してんの？　ステージに立っている想像。前に所属事務所でイメージトレーニングをやってたの。掃除機は、ステージの雰囲気、マイクを握る手のかたち、流れ落ちる汗の一しずくまで、具体的に想像していると言った。ずいぶん長くやってたから、もう目を閉じただけでステージに立てるようになった、掃除機の中でがんばるのにも役に立ったと。

なんで、がんばるわけ？　もうコンサートだってすっかり終わってるじゃん。私は結局、こらえきれずに訊いてしまった。実は、初めて会った時から訊きたかった。どうせ消えるのに、なんでそこまで一生懸命なのか。そんなふうにがんばって得られるものは、いったい何なのか。掃除機はしばらく黙ってから、自分の手ではボタンを押せない、と言った。歌手になりたいって今まで努力してきたのに、ボタンを押したら、それが全部無意味になるじゃない。

すると私は何も言えなくなった。そういう心は、いったいどんな心なんだろう。最後までがんばってでも、守り抜きたいものがある心って。情けないと思われても仕方ないと、掃除機が言った。そうじゃない、むしろあんたが羨《うらや》ましいと言葉を返すと、掃除機は私のほうが羨ましいと言った。どういう点が羨ましいわけ？　会社員だったら、お給料をもらってたんでしょ。あたしは死ぬまで、一銭も稼げなかったもん。それを聞いて笑いが洩《も》れた。何がおかしいの？　掃除機に訊かれて、自分が情けなくて笑いが出たと答えた。笑っている途中でお腹がむずむずしてきたので触ると、丸くて硬いボタンが手に当たった。急に黙り込んだ私に、掃除機がどうかしたのかと声をかけてきた。何でもない。私は、ボタンができたことを掃除機に言わないつもりだった。残り数時間というのも、悪くなさそうだった。

終電の時間も過ぎた静かな夜、掃除機は鼻歌を歌った。ふんふん、ふんふんふん。何の歌？　私が訊いた。死んでなくて、ダイエットに成功してたら、あたしのデビュー曲になってたはずの歌。掃除機が答えた。歌詞はなし？　まだないの。あんたが歌詞をつければいいじゃんと言おうと思ってやめた。今のままがよかった。

ふんふん、ふんふんふんふん。心の中でマネをして歌っていると、白っぽい人のかたちをしたものが、ぬうっと目の前に現れた。誰ですかっ？　私が叫んだ。周りが暗くて、性別さえ見分けがつかなかった。誰か入ってきたの？　ドアが開く音はしなかったけど？　掃除機も驚いた声を上げた。まさかと思って来てみたら、本当に、幽霊でしたねえ。白っぽいものが年配の男の声を出した。ご安心ください。わたしもお二人同様、数日前に死んだ者です。

ドアが閉まってるのに、どうやって入ってきたんですか？　警戒を解かずに私は訊いた。時間が経つにつれて体がぼやけてきて、空気みたいに軽くなるんですよ。九十九時間を過ぎたら、ドアや壁を通り抜けることもできるようになりました。男が言った。じゃあ、掃除機の中にも入れますか？　この掃除機の中に、幽霊が閉じ込められているんです。私は、ひょっとしたらと思って尋ねた。一度やってみようと言うと、男は掃除機の正面に近づいた。

何がどうしたの？　掃除機が中から叫んだ。今から、わたしの手をつかんで出てきてください。男はそう言うと、掃除機に手を伸ばした。壁も通り抜けられるという話は本当だったのか、男の手が掃除機の中に消えた。しばらくして、男が力いっぱい掃除機を引っ張り始めた。私もやはり男の腰にしがみついて引っ張った。綱引きをするみたいにしばらくそうしていると、幽霊が少しずつ、少しずつ引っ張り出されてきたようだった。どれくらい時間が経っただろうか。長いホースを通って吸引口から、白っぽい練り粉のようなものがスーッと出てきた。男と私はへとへとになって床にしゃがみこみ、それが人の形状になるのを待った。

やがて、私はやせ細った童顔の女と対面できた。ありがとうございました。ゴミに埋もれたまま、死にたくなかったので。掃除機から出てきた女は、手で体をぱんぱんと払いながら言った。私たちがここにいるって、どうしてわかったんですか？　私が質問した。午前四時に地下鉄の倉庫で歌を歌っているのが、生きている人間とは思えませんでね。男が答えた。聞けば、彼は生前ここの駅員だった。始発列車が入ってくる瞬間を見たくてやって来て、歌声を耳にしたという。

始発列車を見るためにも、私たちは外に出なければならなかった。問題は、女と私が鉄製のドアを通り抜けられないことだ。女は手首を確認して、自分の残り時間は三時間半だと言った。やっと掃除機から出たのに、今度は倉庫ですね。女がつぶやいた。もうすぐ、夜間清掃が終わる時間です。その時にみんなで出ましょう。駅員が言った。

それで始発を逃したら、どうするんですか？　私が質問すると、彼は駅員としての役目をまっとうしたいと答えた。お二人は、わたしにとっては駅の利用客でもありますからね。無賃乗車をしてるのに、利用客として扱ってくれるんですか？　もちろんです。結局私たち三人は、みんなで床に腰を下ろしてドアが開くのを待つことにした。ところで、さっき歌っていたのは何の歌ですか。初めて聞く歌だったけれども。駅員が言った。私が答えようとした瞬間、女が口を開いた。ただ、適当に歌ってたんですよ。

十分が経って、清掃員が二人、倉庫の中に入ってきた。かれらが掃除のカートを片付けているあいだに、私たちはそこから脱出した。幸い、始発列車はまだ到着していなかった。ご一緒しましょうか？　女が駅員に言った。駅員は少し迷ってから、そうしてもらえるとありがたいと答えた。女は私にも一緒に行くかと尋ね、私はそうすると返事をした。

私たちは地下鉄二号線のプラットホームへ行くと、ベンチに並んで座った。ありがとうございます。実は、一人でいるのが怖かったんです。真ん中に座った駅員が、緊張したように少し背中を丸めて言った。特に始発を見たい理由があるんですか？　女が訊いた。勇気が、必要だったからです。駅員が答えた。生前も彼は、心が折れそうになると始発列車を眺める習慣があったという。静まり返ったプラットホームに、約束のように、魔法のように、時には奇跡のように始発列車が入線するのを見たら、なかった勇気もわいてきたと。

消えるとき、すごく痛いんでしょうかね？　駅員が前を見ながら言った。痛くないと思いますよ。私が答えた。駅員はゆっくりうなずいた。しばらくして、列車が入ってくるというアナウンスとともに、聞き覚えのあるメロディが流れてきた。ヘッドライトを灯した始発列車が入線して、数十個のドアがパアッと開いたその瞬間、駅員は、小さな火花を上げて消えた。火花は燃えながら、パパバッと小さな音を上げた。

鳩の、パパバッと消えるって話は、適当に言ってたわけじゃなかったんだな。駅員が消えてからも、私たちはしばらく無言で座っていた。ひょっとしたら私たちには次みたいなものはなくて、これが終わりでありすべてではないのかという思いと、火花はきれい、というどうでもいい思いが、同時に頭に浮かんだ。

あんた、名前はなんていうの？　沈黙を破って私が訊くと、女は作り笑いを浮かべた。今頃になって？　女はためらいながら、イラン、と答えた。きれいな名前だね。本名じゃないから。デビューしたら使おうと思ってた芸名なんだ。私はイランに、外に出たんだから、やりたかったことをすればいいと言った。するとイランは首を横に振った。いまさら何をするのよ。そう言って自分の体に目を落とした。時間がそれほど残っていないイランは、駅員と同様にぼやけていた。イランがそう言うのもわかるけど、でも。

イランの言葉を聞いて、自分でも知らないうちに焦っていた。イランは、死んだ後もステージに立とうとした人間だった。自分を苦しめた人たちにはパンチを食らわすこともできる人間だった。イランは、そういう心を失ってはいけなかった。そういう心を失うことが、時に死よりもひどいことだと、私にはよくわかっていた。イランについて考えているうちに二番目の列車がホームに到着した。列車から乗り降りする人々の姿を見ていて、いいことを思いついた。盗み聞きする人もいないのに、私はイランの耳に口を寄せて、たったいま考えたことを伝えた。話を聞いてイランは大笑いした。いいアイディアだと言った。

私たちは次の列車に乗って四駅を過ぎ、江南《カンナム》（ソウル南東部に位置する地域。韓国有数の繁華街であり、人気芸能事務所や有名企業の本社が集まる）駅で降りた。駅の外に出るなり明るい陽射しにクラクラしたが、気分はよかった。早い時間なのに街には人影があった。疲れた顔で都市を歩む人々のあいだを、イランと私は笑顔ですり抜けた。あまりに澄んだ空、とぼけた顔の鳩たち、イランと私の体のようにぼやけた色の建物まで、すべてがおかしかった。

横断歩道を渡りながら、イランは私の手を握った。強く握ると粉々になりそうだけど、あたたかいイランの手。イランと手をつないだら、何も怖くなくなった。だから、イランに事実を打ち明けた。本当は私、会社員でもないし、過労死したわけでもないんだ。コンビニに煙草を買いに行って、落ちてきた看板が頭にぶつかって死んだの。するとイランは笑いながら、そういう死に方のほうがずっとマシだよ、と言ってくれた。死ぬとき、すごく痛かった？　イランに訊かれて私は肩をすくめた。よく覚えてない。

歩いているあいだも、イランはだんだんに明るく、軽くなっていった。空気みたいに、風みたいに。やがてイランは、私と手をつないでいても、ぷかぷか浮くみたいな歩き方になった。通勤の時間帯が近づくにつれて人は増え、私たちはかれらを避けて走り回った。どんなに走っても息は切れず、走っている途中で、私は流れていく街並みを目に焼き付けた。じゃあね《アンニョン》、うんざりだったソウル。アンニョン、薄汚い看板たち。アンニョン、停留所のベンチに放置された、使い捨てのプラスチックカップ。みんなアンニョン、アンニョン、アンニョン。

イランと私は、とうとうある建物の屋上にやって来た。ここがよさそうだよね？　イランに訊かれて、そう思うと返事をした。私たちは、ぼんやりしてきた顔で向かい合った。行くね。イランが挨拶を口にした。後でね。私はそう言ってから、口先だけじゃないと付け加えた。イランは笑ってうなずいた。それが最後だった。イランは階段を降りて行き、私は屋上に一人残って外を見下ろしていた。時刻は、午前六時五十一分。

＊

同じ日の午前七時十三分、江南《カンナム》大路に面して位置した超大型屋外電光掲示板は、三分二十一秒間、バグった。

道を行く出勤途中の人々、横断歩道で信号待ちをしていた人々、窓の外を見ていた人々は、ブランドもののスーツのコマーシャルが流れていた電光掲示板が突然消えてしまう様子を目にした。まもなく、黒い画面の真ん中に小さな白い円が現れた。その円がゆっくりと大きくなっていくのを人々は見守った。イラン、やり遂げたんだ。私は心の中で思った。地下鉄のホームで、私がイランの耳に囁《ささや》いた言葉は、デビューのステージに立ってみなよ、だった。

三分二十一秒。

歌が一曲、まるまる流れる時間。

そのあいだ私はイランを、そのまばゆいデビューステージを瞬きもせず見つめた。イランは今、この瞬間を、長いあいだ待っていたはずだ。何の迷いもなく電光掲示板に飛び込む魂を想像してみた。円が大きくなるほど画面はだんだんに明るくなって、とうとう電光掲示板全体が真っ白な光に変わり、するとすてきなことが起きた。電光掲示板から流れ出た光が都市を照らし始めたのだ。雪みたいに白くて明るい光は、真っ暗だった都市のさまざまな部屋、陰気な都市のさまざまな路地を、一瞬にして明るく照らし出した。降り注ぐ光の中に立ち尽くす人々を見ながら、私は力いっぱい拍手を送った。すると、妙な心が生まれた。突然すべてのことが、ただもう恋しく思えたのだ。だから、数々の顔、週末の朝の映画、空中に放物線を描いていた野球ボールを、再び愛せるような気分。そういうものを最期に思い浮かべてみようとして、私は目をつむった。

作家の言葉

初めての小説集をまとめていた頃、北極の国の英雄、ゴビラトロンについての物語を読んだ。冷たい機械人間のまなざしを一度受けたために、氷原のど真ん中で、かちんこちんに凍りついたゴビラトロン。彼は凍り付いたまま、熱く考え始めた。ひたすら熱く考えるあまり、熱病にかかってしまった。熱が上がると氷が溶けて、英雄は自由になった。

シリ・ハストヴェットの『燃え上がる世界』（韓国・ミュジンツリー、二〇一六）（原題『The Blazing World』未邦訳）に登場するこの物語があまりに気に入って、ノートに書き写し、たまに取り出しては読んでいた。ゴビラトロンを救ったのがゴビラトロンだったというところ、熱い思考が遂にはすてきなことを成し遂げたというところがよかった。私はいつもいろいろ考えすぎで、一時はそれを直すべき短所だと思っていた。本書に収められた作品を書きながら、自分の考えが自分の自由と結びつくこともあると、改めて気づかされた。私はいつも、自分が考えるぶんだけ自由になれる。

この本に収められた八編の小説は、次のような場面から流れ出したことを記しておく。

ベッドの足元に置かれた鏡、

部屋から見下ろしていた明け方の高速道路、

廃業した店の中で死んでいった植物たち、

流れる水、
さらに激しく流れる水、
独立映画館のスクリーンに届いていた地下の光と、街路樹に届いていた地上の光、
「木」という名前の木、
早朝の始発電車と午前零時のタクシー、
神経症と幻影たち、
昼のようだった夜と、夜のようだった無数の昼たち。

私が書いた小説に、わずかであれ明るさやぬくもりが宿っているとしたら、それはすべて愛する者たちに負うものだ。

世界で一番尊敬する母さん、母さんを通じて、信じることと勇気を学びました。

人を愛する心を伝えてくれたおじいさん、私より私のことをよく知っている弟のソンミン、毎回私の小説を読んで、夜更けに長いメッセージを残してくれたユジョン、ありがとう。

編集者のチョン・ギヒョンさん、一緒に本を作るすべての過程が幸せで貴かったです。

解説を書いてくださった評論家のファン・イェインさん、推薦の言葉を書いてくださった作家のパク・ソルメさん、ありがとうございます。

最後に、新人小説家に惜《お》しみない応援を送ってくださった民音社に深く感謝申し上げます。

これから、がんばって書いていきます。

二〇二二年春　　イム・ソヌ

解　説

倉本さおり

私は幽霊の泣き顔を見つめた。私に届かなかった感情が、すべてその中にとどまっていた。手を伸ばして、幽霊の両目からぽろぽろこぼれ落ちる涙をぬぐってやった。手には触れなかったけど確かにあたたかく、それがあまりにあたたかいから、私は泣くことができた。(中略)しばらくして幽霊は私を抱き寄せたが、それは私が生まれて初めて受け取る、一寸の誤差もない完璧な理解だった。

(「幽霊の心で」)

この一節にたどりついたとき、不覚にも嗚咽《おえつ》してしまった。

ただ泣ける話だから泣いたわけじゃない。人の心がやわらかさを取り戻す瞬間が、あまりに丁寧に正確に、誠実に写しとられていたから——そんなふうに言葉を運ぼうとする作家のまなざしの強さに打たれたからだ。

本書は二〇二二年三月に韓国・民音社から刊行されたイム・ソヌ(임선우)の初の著書『유령의 마음으로(幽霊の心で)』の邦訳版だ。

著者のイム・ソヌは一九九五年、ソウル生まれ。二〇一九年に『文学思想』新人文学賞を受賞した期待の新進作家だ。すでに韓国では熱烈なファンを獲得している。ここに収められた八篇の多くは突飛な状況に端《たん》を発しながら、現実の社会で押し殺されてきた声を緻密《ちみつ》にすくいあげていく。諦念のなかにささやかなユーモアがあり、ユーモアの向こうに切実な祈りが息づいている。あたかも今という時代を生きるすべての読者へさしだされた贈り物のような短篇集なのだ。

　まずは各篇の内容について簡単に紹介しておこう。

●「幽霊の心で」유령의 마음으로
　とくにおいしくもまずくもないパン屋で淡々と働く若い女性の身体から突然、自分とそっくりな姿をした「幽霊」が生じるところから幕があく。「私はただの、あんただよ」——不可思議な状況に当初は困惑していたものの、自分の感じている感情をまったく同じに感じているという「幽霊」と日々を共にするうち、長らく鬱屈《うっくつ》を抱えこんで硬く重たく沈んでいた心にすこしずつ力が戻ってくる。

●「光っていません」빛이 나지 않아요（発表時タイトル「明るくて美しい」환하고 아름다운）
　ある日、触れた生物を自分と同じように脳も心臓もないクラゲに変える「ゾンビクラゲ」が世界じゅうで大量発生する。挫折したバンドマンカップルの片割れである「私」はとりあえずの収入を得るべく、自らクラゲ化を望む人びとを幇助《ほうじょ》するサービスの訪問員として働き始めるが、クラゲの死体を片付ける仕事に就いたパートナーのクとのあいだに生じた齟齬《そご》を意識せざるを得なくなる。

●「夏は水の光みたいに」여름은 물빛처럼
　元カノに会いたい一心でその場に文字どおり根を下ろし、木になってしまった見ず知らずの男と、ワンルームマンションの一室で奇妙な同居をする羽目になった若い女性の話。男の足元に水をかけ、ときおり松脂《まつやに》のようにべたべたした涙を拭きとってやりながら青々しいにおいを嗅ぐうちに、期せずして自身の喪失と折り合いをつけるための時間を得る。

●「見知らぬ夜に、私たちは」낯선 밤에 우리는

当時見捨てる形で離れてしまった中学校時代の親友と二十年ぶりに遭遇した女。大きな十字架を背負って路傍伝道をする現在の彼女の姿を目にし、とっさに避けてしまうが――。妊活のシビアな実態をはじめ、ライフステージによって否応なく切り分けられてしまう現実の女性たちの孤独に寄り添うような物語。

●「家に帰って寝なくちゃ」집에 가서 자야지（発表時タイトル「少しは我慢できそうな」조금은 견딜 만한）

行方不明になったペットのヤモリを諦めきれないチョと、チョに振り回されてばかりの「僕」と、チョが住む部屋のちょうど上階にあたる部屋の住人ジョンウ。ジョンウの部屋にヤモリが出現したのを機に交流が始まり、くだらなくも愛着に満ちた時間を共有することに。男三人のモラトリアムと未練の諸相を鮮《あざ》やかに描いた一篇。

●「冬眠する男」동면하는 남자（発表時タイトル「あまりにも多くの日々」너무 많은 날들）

破産の危機にある劇団を立て直すため、しかたなく役割代行サービスの仕事を始めた劇団員の女のもとに「冬眠の準備を手伝ってほしい」という頓狂《とんきょう》な依頼を携えた男が現れる。すったもんだの末に準備は完了したものの——。「自分を守ろうとして、他人を傷つける人たち」という言葉がドラマのなかで実に複層的に立ちあがってくる。

●「アラスカではないけれど」알래스카는 아니지만

四年間勤めた会社を理不尽な理由でクビになったうえに、唯一の友達であり家族でもあった野良猫のきょうだいを野犬に噛み殺されて以来、復讐を遂げることばかり考えていた「私」。ひょんなことから階下に住むタトゥーイスト（彫師）の女との交流が始まり、心を占めるものが変容していく。恩讐《おんしゅう》の果てに思いがけずたどりついた景色がしんしんと胸に染み入る。

●「カーテンコール、延長戦、ファイナルステージ」커튼콜, 연장전, 라스트 팡

急死した者限定で提供される「死後のアフターサービス」として、本当にこの世から消えるまでに百時間の猶予《ゆうよ》をもらった幽霊の「私」。親しい人もおらず、やり残したこともなく、漫然とぶらぶらしていたところ、同じくアフターサービス中に掃除機に閉じ込められてしまった別の幽霊に出会う。

文章はあくまで衒《てら》いなく平易で読みやすい一方、物語はあらすじにまとめてしまうのがためらわれるほど繊細で複雑な起伏に富んでいる。もしも未読の方がいたら、こんな解説は今すぐにでもうっちゃって本篇のページをひらいてほしいところだ。コミカルな展開もあれば、よりファンタジー色の強いもの、逆にリアリズムに寄ったものもある。状況設定はさまざまだが、どの作品にも殺伐《さつばつ》とした労働環境と「踏ん張る人生」に疲弊《ひへい》した人びとの姿が刻みつけられている点は本書を語るうえで欠かせないポイントのひとつだろう。

例えば表題作において、暗闇でしずかに光るクラゲたちは人びとの恐怖や憎悪の対象である一方、憧れの象徴でもある。「生きるのに疲れたが死ぬのは悔しい」――クラゲとなってゆるやかに海を漂うだけの生を望む人びと。その気持ちを理解できる「私」自身も、恋人のクと一緒に音楽で食べていく夢が破れて以来、転げるように生活に追われ、気づけばぎりぎりの場所に立っている。

また、「冬眠する男」の主人公・ジュギョンの場合、開店休業状態の劇団に食らいついているものの、同居人で元恋人のジョンウはすでに俳優の道を諦めて久しい。恋愛感情が消えたあとも二人がその場にとどまっているのは、借りている部屋の保証金のためという、なんともしょっぱい事情ゆえだ。

韓国の若い世代が自分たちのことを指して言うときに「N放世代」という造語が使われることがある。任意の数を示す「N」に「諦める（放棄）」の「放」――要するに「すべてを諦めている世代」という自虐を込めた呼称だ。二〇一一年に恋愛・結婚・出産を諦める「三放世代」が登場し、のちに就職やマイホームも諦める「五放世代」が、さらに人間関係や夢までも諦める「七放世代」が現れ、その後も数字が増え続けて「N放」に至ったという。

一九九七年に発生したアジア通貨危機によって韓国では就職難が一気に進行した。以降は景気が回復傾向にあっても企業が正規職より非正規職の雇用を推進するようになり、若者の多くがパートやアルバイトのような不安定な立場で働くことを強いられ、低い収入で生活せざるを得なくなった。このあたりの事情はバブル崩壊後の日本の様相と重ねあわせることもできるだろう。加えて海外資本に大きく依存する経済はインフレを引き起こしやすく、人びとは住宅価格の高騰《こうとう》にあえいでいる。そこへ二〇二〇年に始まったコロナ禍《か》が追い打ちをかけた。本書に収められた物語には、そうした社会の現況をめぐる人びとの閉塞感《へいそくかん》が色濃く反映されている。

出口の見えない日々をめぐる不安や絶望。「すべて」を諦めたあとも生活はいやおうなく続いていく。

余白を失って逼迫《ひっぱく》した人の心はともすれば他罰感情をたぎらせ、行き場のない不当感はやすやすと暴力へと転じてしまう。
実際、役割代行サービスの一環でジュギョンが負わされる仕事の多くはクレームや嫌がらせだ。そしてジョンウのルサンチマンは本来ならまったく関係がないはずの他者にこすりつけられることになる。「不公平じゃん」「俺らはさ、冬のあいだずっと寒くて、風邪ひいて、家賃払って、光熱費払って、冬の服を買って、仕事しなきゃなんないのに、あの男は寝てるじゃないか」——はたして彼の言い分を笑い飛ばすことのできる読者が今どれだけいるだろうか。
一方、「アラスカではないけれど」に登場する「私」は、猫たちの仇討《あだう》ちを当面の生き甲斐にすることで辛うじて自らを支えている。だが当の「仇《かたき》」と目が合ったときに期せずして悟るのだ。彼もまた、生きることに痛めつけられてきた者であったことに。
他に恋人のいる男を愛してしまったタトゥーイストの女・ユーの手にクラゲの絵が彫られている点は象徴的だろう。なにも考えず、なにも感じず、ただゆったりと泳ぐクラゲの姿とは裏腹に、彼女自身は自らの意に反して夜な夜なうずまく昏《くら》い感情をもてあましている。

人はやっぱり臆病だ。（中略）あれはただ、最善を尽くしてきらきら光っているだけなのかも。問題はクラゲではなくて、人間のほうなんだ。誰でも闇は怖いから、自分の闇にさえ耐えられない人たちが、光に近づこうとするのかもしれない。

（「光っていません」）

それでも、クラゲになろうとした女性のひとり・ジソンさんは、けっきょくは「未練を捨てる代わりに」「愛し続けることを」――つまりは人間であり続けることを選択する。彼女が最後の最後に手にした光のうつくしさは、ページのこちら側まで溢れて明るく満たす。

「カーテンコール、延長戦、ファイナルステージ」は表題どおりの祝祭感に彩られた一篇だろう。就職に失敗し続けるうちに疲れ果て、これといった未練も残さないまま死んだ「私」は、期せずしてもたらされた百時間の猶予時間中にアイドル志望だった幽霊に出会う。常にベストを尽くさんとする彼女と共に時間を過ごし、そのまばゆい「デビューステージ」を見守りながら力いっぱい拍手を送った「私」は、「突然すべてのことが、ただもう恋しく思え」るような、さらにいえば「再び愛せるような気分」になるのだ。

そして「幽霊の心で」の「私」は、二年前に恋人のジョンスが事故に遭い植物状態に陥《おちい》って以来、失望と怒りと諦めを幾度となく繰り返すうち、生きる意欲を失ってしまっている。そんな「私」に恩寵《おんちょう》をもたらすのは、ほかでもない「私」自身の感情だ。

著者のイム・ソヌはインタビューのなかでこんな発言をしている。「人を前進させる言葉は、その人を自由にしてくれる言葉だと思います」――まさに本書はそうした思想に支えられながら編まれている。イム・ソヌは「何かを愛しつつ、それを中断する人」に向かって石を投げるような真似はけっしてしない。その一方、自分自身であり続けることを選ぶ人にはささやかな、けれどかけがえのない恩寵を用意するのだ。その手つきに、今を生きる作家としての態度がしずかに光る。

初出一覧

「幽霊の心で」、『現代文学』二〇二〇年十二月号
「光っていません」（発表時タイトル「明るくて美しい」）、『Axt』二〇二一年十一／十二月号
「夏は水の光みたいに」、『Littor』二〇二〇年八／九月号
「見知らぬ夜に、私たちは」、「AnA Vol. 01」（ウネンナム、二〇二一）
「家に帰って寝なくちゃ」（発表時タイトル「少しは我慢できそうな」）、『文学思想』二〇一九年十二月号
「冬眠する男」（発表時タイトル「あまりにも多くの日々」）、オンライン『文章ウェブジン』二〇二〇年一月号
「アラスカではないけれど」、『アオサギクラブ』（アノンブックス、二〇二一）
「カーテンコール、延長戦、ファイナルステージ」、『ウェブジン ビユ（VIEW）』二〇二〇年八月号

光っていません

著　者　イム・ソヌ
訳　者　小山内園子

2024年11月29日　初版

発行者　渋谷健太郎
発行所　（株）東京創元社
〒162-0814　東京都新宿区新小川町1-5
電話　03-3268-8231（代）
URL　https://www.tsogen.co.jp
装　画　牧角春那
装　幀　藤田知子
印　刷　フォレスト
製　本　加藤製本

乱丁・落丁本は、ご面倒ですが小社までご送付ください。
送料小社負担にてお取替えいたします。

ISBN978-4-488-01141-3 C0097